徳間文庫

婿殿開眼二

走れ半蔵

牧　秀彦

徳間書店

目次

【主な登場人物】

笠井半蔵《かさいはんぞう》　百五十俵取りの直参《じきさん》旗本。下勘定所《しもかんじょうしょ》に勤める平勘定。

佐和《さわ》　笠井家の家付き娘。半蔵を婿《むこ》に迎えて十年目。

お駒《こま》　呉服橋《ごふくばし》で煮売屋『笹《ささ》のや』を営む可憐な娘。

梅吉《うめきち》　『笹のや』で板前として働く若い衆。

矢部左近衛将監定謙《やべさこんえのしょうげんさだかね》　小普請《こぶしん》支配。素行の悪い大身旗本。

梶野土佐守良材《かじのとさのかみよしき》　勘定奉行。半蔵の上役。

高田俊平《たかだしゅんぺい》　北町奉行所の定廻《じょうまわり》同心。半蔵と同門の剣友。

宇野幸内《うのこうない》　南町奉行所の元吟味方《ぎんみかた》与力。俊平の後見役。

憐《れん》　幸内の隠居所『青葉庵《あおばあん》』に住み込みの女中。

政吉《まさきち》　俊平配下の岡っ引き。

仁杉五郎左衛門《ひとすぎごろうざえもん》　南町奉行所の年番方《ねんばんかた》与力。町民の支持も厚い好人物。

堀口六左衛門《ほりぐちろくざえもん》　南町奉行所の同心。年番方で五郎左衛門の下役を務める。

遠山《とおやま》左衛門尉《さえもんのじょう》景元《かげもと》　北町奉行。幸内とは昵懇《じっこん》の間柄。
筒井《つつい》伊賀守《いがのかみ》政憲《まさのり》　南町奉行。
鳥居《とりい》耀蔵《ようぞう》　目付《めつけ》。
村垣《むらがき》範正《のりまさ》　小十人組《こじゅうにんぐみ》。半蔵の腹違いの弟。
金井《かない》権兵衛《ごんべえ》　矢部家の家士頭。
近藤《こんどう》周助《しゅうすけ》邦武《くにたけ》　天然理心流《てんねんりしんりゅう》三代宗家。
浪岡《なみおか》晋助《しんすけ》　浪人。天然理心流の門人。半蔵と俊平の弟弟子。

【単位換算一覧】
一尺（約三〇・三〇三センチ）　一寸（約三・〇三〇三センチ）　一分（約〇・三〇三〇三センチ）　一丈（約三・〇三〇三メートル）　一間（一・八一八一八メートル）　一里（三・九二七二七キロメートル）　一斗（一八・〇三九一リットル）　一升（一・八〇三九一リットル）　一合（〇・一八〇三九一リットル）　一勺（〇・〇一八三九一リットル）　一貫（三・七五キログラム）　一斤（六〇〇グラム）　一匁（三・七五グラム）　一刻（約二時間）　半刻（約一時間）　四半刻（約三〇分）　等

第一章　婿殿の憂鬱

一

昼下がりの座敷で男は悩んでいた。

「うーむ、難しいのう……」

手にした算盤《そろばん》は七つ珠《だま》。

後の世に十進法が導入されて作られた、四つ珠や五つ珠の算盤とは違って天の珠《たま》が二つ、地の珠が五つ、梁《はり》を隔《へだ》てて並んでいる。

ぱちぱちと珠を弾《はじ》く、節くれ立った指の動きはのろい。

算盤の扱いそのものが不得手《ふえて》な上に、取り組んでいる算学書《さんがくしょ》の問題をよく理解できていないのだ。

文机《ふづくえ》に拡げた『塵劫記《じんこうき》』は、計算の基本問題集。

刊行から二百年余りの長きに亘《わた》って老若男女から愛好され、算学書の代名詞となって久しいのは四冊組、後に別冊が加わった全五巻に収録された問題が、日常のさまざまな場面場合に応用できるものであると同時に、漢字にかなが混じった和文で書かれていて読みやすく、分かりやすい内容であればこそ。

しかし、この男にとっては難しい。

手習い塾に通っている歳《とし》の子どもたちでも理解できる九九や割り算、掛け算はさすがに分かるが、少々複雑な計算となるとお手上げだった。

「人参《にんじん》二百五十斤《きん》有り、沈香《じんこう》七十斤有り……」

男が取り組んでいるのは、題して『黒舟《くろふね》の買物之事』という一問。

まだ日の本の鎖国が完成に至らず、俗に黒舟（船）と呼ばれる外国船との交易が自由だった寛永《かんえい》四年（一六二七）刊の初版本においてのみ、この題名が用いられている。海外との交易地が長崎の出島に限定された後の版では『長崎の買物』と改題されたため、刊行時期を確かめる上での目印となっていた。

「巻物は二百八十巻有り、糸八千四百斤有る時……三人して百六十貫目《かんめ》に買い申し候也《そうろうなり》……ふん、幾人だろうと好きにすればよかろう」

うんざりした様子でぼやき、男は算盤を放り出す。

「あー、肩が凝《こ》ったわい」

両手を組み、思いきり背筋を伸ばす。

大きな手のひら、とりわけ左手には胼胝《たこ》が目立つ。

剣術の要諦《ようてい》に従って左を主、右を従とするのを心がけ、素振りと掛かり稽古《けいこ》を繰り返すうちに自然とできた、竹刀《しない》胼胝だ。

あぐらをかいていても、座高と足の長さから上背《うわぜい》があると分かる。

男の身《み》の丈《たけ》は五尺八寸。袷《あわせ》の袖口から突き出た腕は太く、肩と胸板の張りもたくましい。着流しの裾をはしょって組んだ足は腿《もも》の筋が盛り上がっていた。よほど真面目《まじめ》に鍛え込んでいなければ、ここまで頑健な肉体には仕上がらぬことだろう。

肌の色が浅黒く、顔立ちは彫《ほ》りが深かった。

凛《りん》とした瞳と太い眉《まゆ》が、意志の強さを感じさせる。

刀の抜き差しも満足にできない今日びの惰弱《だじゃく》な侍《さむらい》とは別物の、乱世の徒歩《かち》武者を思わせる野性味を帯びていた。

堂々たる偉丈夫《いじょうふ》の名は笠井《かさい》半蔵《はんぞう》、三十三歳。

勘定《かんじょう》奉行配下の平《ひら》勘定を代々務める笠井家に婿入《むこい》りして、今年で十年。

職場の下《しも》勘定所では、苦手な算盤を毎日弾いている。

今日は久しぶりの非番だった。

せっかくの休日に昼間から好きこのんで部屋にこもり、苦手な計算問題と格闘しているわけではない。

こうして休みのたびに『塵劫記』と首っ引きにならざるを得ないのは、家付き娘の妻女からきつく命じられていればこそ。

『お前さまは、栄《は》えある御勘定所勤めの御身なのですよ。算盤など使いこなせて当然でございましょう。不得手と申されるならば、ご同輩方が休んでおられる間に修練なさるしかありますまい？　剣術は重ねし稽古の量が物を言うのであれば算勘《さんかん》の才とて同じです。さ、早《はよ》うお励《はげ》みなされませ！』

そんな調子で朝から説教されれば、大人《おとな》しく机の前に座らざるを得ない。

朝餉《あさげ》を済ませて早々に座敷へ追いやられ、算盤を片手に問題を解き始めて優に二刻《ふたとき》は経《た》っていた。

そろそろ昼食《ちゅうじき》が欲しくなる時分だったが、妻が座敷に顔を見せるまでは机から離れぬ約束である。

溜め息を吐《つ》きながら、半蔵は再び机に向かう。

縁側から吹き寄せるそよ風は、爽やかな香りを孕《はら》んでいる。

天保《てんぽう》十二年（一八四一）も三月に至っていた。

陽暦ならば四月の上旬。桜の花も満開である。

こんな日には弁当を持ち、夫婦で仲良く花見に繰り出したいものだった。

何も八百膳《やおぜん》の仕出しなど必要ない。

握り飯に、卵焼きと蒲鉾《かまぼこ》。欲を言えば、煮染《にし》めでも付けてくれれば十分だ。

しかし、厳しい妻には花見の弁当を支度《したく》してもらうどころか、連れ立って行楽することさえ望むべくもない。

「武州《ぶしゅう》の桜も見ごろであろうなぁ」

つぶやきながら算盤を弾く指の動きは、相も変わらずたどたどしい。

解きかけだった『黒舟の買物之事』は、まだ答えが出ていない。

「同前《どうぜん》にて知れ申候《もうしそうろう》なりと言われても、な……」

半蔵が悩んでいるのは、取り立てて難しくもない比率計算。

三人の商人が手持ちの銀を出し合い、外国船から朝鮮人参に香木の沈香、巻物と生糸《きいと》をまとめて買い付け、負担した額に応じて分配する量を求めればいいだけの問題だった。金利や関税まで考慮することは求められてはおらず、何も深く考え込むには及ばない。

にも拘《かか》わらず、半蔵は対応しかねていた。

模範解答を見ても、どうやって求めていいのかが分からない。

解説が載《の》っているのは、一人目の商人が受け取る人参と巻物についてのみ。

他の答えは同様に求めれば良いと書かれていても、肝心の比率計算のやり方が理解できない半蔵にとっては無意味だった。

「分からぬのう……」

本気で悩む半蔵は、数字を見ているだけで頭が痛くなる。

この『黒舟の買物之事』にしても難しく考える必要はなく、仲間内で銭を出し合って菓子や焼き芋《いも》をまとめ買いし、分け合うのと同じことなのに、改まった形で出題されると戸惑ってしまうのだ。

三十を過ぎた大の男が、これほど計算に不慣れなのには理由があった。

故あって母親から疎《うと》んじられ、武家の子でありながら手習い塾にも満足に通わせてもらえずに成長した半蔵は、元服する歳に近くなっても『塵劫記』と算盤に親しむことなく過ごしたものである。

祖父の援助で江戸市中から離れ、武州の多摩郡《たまごおり》に身を寄せて、剣術修行と野良仕事に明け暮れていたのだ。

十代から重ねてきた修行の甲斐《かい》あって、剣の腕にはそれなりに自信が有る。

去る二月に思いがけず真剣勝負に巻き込まれ、一度は窮地に立たされたものの妙案を得て開眼し、相手を斬ることなく打ち倒す強さが発揮できていた。

されど、算盤は未《いま》だに上手《うま》く扱えない。

百五十俵取りの軽輩ながら算勘の才に秀でており、勘定奉行の信頼も厚かった義父が自分のどこを見込んで婿に決めたのか、思えば不思議な限りであった。

こんな自分を家付き娘と添わせて楽隠居を決め込み、老妻と共に大川向こうの深川に引っ込んだ義父の考えが、つくづく分からない。

一番の問題が、半蔵に算勘の才が乏《とぼ》しいことなのは分かっている。

算盤が大の苦手でありながら、代々の勘定所勤めの家に婿入りするとは無謀な限り。

双方の家同士で決めた縁談とはいえ、謹《つつし》んで辞退するべきだったはず。

だが、半蔵が破談を望まなかった。

自らの意志で、笠井家に入ることを承知したのだ。

茨《いばら》の道になるのが分かっていながら、半蔵を決断に踏み切らせた一番の理由は妻の美貌。

旗本八万騎の家中で随一と謳《うた》われ、道を歩けば男も女も振り返らずにいられぬ佳人ぶりは、三十路《みそじ》に近い今も健在。

そんな妻に今も惚《ほ》れ込んでいればこそ、半蔵は嫌でたまらぬ勘定所に出仕するのを止《や》められない。

嫌々ながら休日返上で『塵劫記』に取り組み、算盤の稽古に励むのも、惚れた弱みというものだった。

二

春たけなわの陽気をよそに、半蔵は座敷で黙々と机に向かっている。

と、その浅黒い顔が引き締まる。

あぐらをかいていた足を速やかに揃《そろ》え、裾を直す。

程なく、廊下を渡る足音が聞こえてきた。

手文庫を抱えて現れたのは、きりっとした顔立ちの武家女。

身の丈こそ低いが、体つきは均整が取れている。

帯をきっちりと締めており、下っ腹は出ていない。

肌は抜けるように白く、切れ長の目はまつ毛も長い。目鼻立ちが優美に整っていればこそ、化粧は映える。半蔵ならずとも一目惚れせずにはいられない、まさに佳人であった。

佐和《さわ》、二十七歳。

中庭に面した廊下を渡り来る妻の姿は、今日も凜然としていた。

「お疲れ様にございまする、お前さま」

敷居際に三つ指を突いて早々に、張りのある声で呼びかける。

「昼食の前に拝見いたしましょう。さ、お見せなされませ」

「う、うむ」

ぎこちなく向き直って半蔵が差し出したのは、解いた答えをまとめた帳面。

「失礼いたしまする」

佐和は半蔵に代わって席に着く。

受け取った帳面は、すぐには開かない。

持参した小ぶりの硯《すずり》を用い、磨《す》り始めたのは朱墨《しゅずみ》だった。

爪先まで手入れの行き届いた、指の動きは力強い。

添削の支度が整ったところで帳面を開き、黙々と目を通す。

専用の筆に朱《あか》い墨汁を浸し、誤答を直していく佐和の表情は真剣そのもの。

幼い頃から繰り返し解くことで、佐和は『塵劫記』の内容を暗記している。

模範解答など見るまでもなく、すべて頭に入っているのだ。

佐和の採点ぶりは冷静そのもの。

一言も発することなく、馬鹿な間違いを見つけても怒り出しもせず、速やかに朱筆を入れていく。

最後まで解けなかった『黒舟の買物之事』についても同様であった。

余さず朱入れを終えたところで、佐和は背後の半蔵に向き直る。

「よろしいですか、お前さま」

「うむ……」

半蔵は恐る恐る膝を進め、妻と並んで文机に向かう。

浅黒い顔が緊張で強張《こわば》っている。

いつもと違う穏やかな態度を示され、訳が分からずにいるのだ。

なぜ、このところ柔らかくなったのか。

つい先頃まで、佐和は誰に対しても手厳しかった。

無能ぶりを毎日の如く罵倒《ばとう》されていたのは、何も半蔵だけではない。

その美貌と上品なたたずまいに憧《あこが》れを抱き、屋敷に女中奉公してきた町娘たちを容赦なく叱《しか》り付け、気鬱《きうつ》にさせるなど日常茶飯事。

憧れの存在だった佐和に幻滅し、耐えきれずに逃げ出した娘は数知れない。

男の奉公人に対しても、佐和は甘い顔を見せぬのが常だった。

意識せずに佐和が漂わせる、品のある色香に鼻の下を長くする者は中間《ちゅうげん》であれ若党であれ、不埒《ふらち》な真似《まね》に及ぶ隙《すき》も与えずに一喝《いっかつ》し、半蔵に頼むまでもなく自ら懲《こ》らしめた上で、とっととお払い箱にしてしまう。

今の女中たちと中間も長くは保《も》つまいと案じられたが、このところ佐和の態度は明らかに柔らかくなりつつある。

半蔵が勉強を嫌がれば今朝のように叱り付けもするが、以前のように添削するときに筆を動かしながら嫌味をあれこれ並べ立てたり、余りの理解の悪さに腹を立てて怒鳴ったりはしない。

一体、どんな心境の変化があったのか。

解《げ》せぬまま、半蔵は妻の隣で神妙にしていた。

「お分かりになりましたか」

「うむ。つまらぬところを見落として相済まぬ」

「いちいち謝りなされますな。ご得心されたのならば、よろしいのですよ」

「さ、左様《さよう》か」

半蔵が間違えた問題の解説は滞《とどこお》りなく進められ、残るは最後まで解けずじまいだった『黒舟の買物之事』のみ。

佐和は帳面の空いた頁に、

元金《もとかね》　一・六拾四貫八百目
　　　　一・五拾二貫三百目
　　　　一・四拾二貫九百目

〆て　百六拾貫目

買ひ物　人参　二百五拾斤
　　　　沈香　七拾斤
　　　　巻物　二百八拾巻
　　　　糸　八千四百斤

〆て　百六拾貫目

と、並べて書き付けていた。

「さ、ご覧なされませ」

最初に佐和が指し示したのは、二箇所に分けて記した「元金」と「買ひ物」。

朱唇を突いて出る言葉は、あくまで穏やかだった。

「ご覧のとおり、買い物は元金に等しき値うちがありまする」

「いずれも百六十貫目ということだの」

「まこと、お分かりになりますか」

「む、むろんじゃ」

「されば、人参と沈香を足して三百二十斤となされたところで、埒が明かぬのも今は分かっておいでなのですね？」

「さ、左様」

苦しまぎれに帳面に走り書きしていたのを指摘され、半蔵は恥じ入る。

態度こそ柔らかいが、やはり佐和は手厳しかった。

それでも、いちいち怒鳴り付けられぬのは有難《ありがた》い。

「分かってくだされればよろしいのです」

合点《がてん》した様子でうなずくと、佐和は言葉を続けた。

「これなる商人どもは百六十貫を出し合《お》うて、異なる品々を購《あがの》うたのです。銀と等しき値うちであると、よくよく目利きをした上のことでありましょうね」

「左様であろうな」

「されば、分け合うのも等しゅうなくてはなりませぬね？」

「むろん、そうせねばなるまい」

「では、銀一貫で何がどれだけ購えるのかを求めましょう」

告げると同時に、佐和は算盤に手を伸ばす。

弾く指の動きは迅速そのものだった。

四種の品物の量をそれぞれ百六十で割り、求めた値を帳面に書き出していく。

半蔵にあらかじめ告げたとおり、一貫目で買い求められる人参、沈香、巻物、糸の量を割り出したのだ。

模範解答とは似て非なる方法だったが、比率計算が呑《の》みこめずにいた半蔵には分かりやすい。

「成る程……されど、手本と異なるやり方で良いのか」

「構わぬのですよ、お前さま。正しき答えさえ求まれば、それで良いのです」

戸惑う半蔵に微笑《ほほえ》み返し、佐和は次の説明に移った。

「出した元金に見合《みお》うただけの人参を、まずは一人目に渡してやりましょう」

と、手にした算盤を差し出す。

「相分かった」

半蔵はできるだけ速やかに、七つ珠をいちから弾き直していく。

佐和が急に態度を改めた理由は定かでない。

だが、妻の変化は心地いいものだった。

このまま接してもらえるならば、気持ちも前向きになるだろう。

されど、半蔵が過ごす場所は家庭だけとは違う。

明日はまた、辛《つら》い勘定所勤めが待っている。

笠井家の歴代当主が勤め上げてきた御用となれば、性に合わぬからと自分の代で投げ出すわけにはいくまい。

それに日が暮れれば今一つ、果たさねばならないことがあるのだ。

妻も知らない影御用を命じたのは、梶野土佐守良材《かじのとさのかみよしき》。

当年六十九歳の勘定奉行は、半蔵にとっては表向きの上役でもあった。

軽輩の平勘定では本来ならば足元にも近寄れない大物と、図らずも知り合ったのは先月のこと。

夜明け前から出仕に及んだ良材が刺客《しかく》の一団に襲われる現場に遭遇し、割って入って命を救ったのだ。

多勢の敵を向こうに回し、奉行を護《まも》ると同時に自らの命も辛《かろ》うじて拾った半蔵を待っていたのは、思いがけない誘いだった。

命の恩人となった半蔵の腕を見込み、良材が下した密命は警固《けいご》役。

引き続き、自分を護ってくれと頼んできたのとは違う。

自腹を切って特別手当まで支給し、半蔵に警固を委《ゆだ》ねた人物の名前は矢部《やべ》左近衛《さこんえの》将監《しょうげん》定謙《さだかね》。

笠井家が代々拝領している小さな組屋敷とは比べるべくもない、立派な邸宅で暮らす身分でありながら、五十三歳の旗本は満たされていなかった。

御先手《おさきて》鉄砲頭《てっぽうがしら》から三十一歳の若さで火付盗賊改《ひつけとうぞくあらため》の長官職に任じられ、堺奉行と大坂西町奉行を経て、勘定奉行にまで上り詰めた傑物も、今や閑職の小普請《こぶしん》支配に甘んじる身。出世街道から外れた不満で酒食遊興にふけり、よからぬ噂も絶えない矢部定謙は、良材に刺客を差し向けた黒幕であった。

嫉妬《しっと》の末のこととはいえ、現職の勘定奉行を暗殺させ、自分が後釜《あとがま》に座ろうと目論《もくろ》むとは呆《あき》れ返った話である。

斯様《かよう》な痴《し》れ者の罪を告発するどころか、逆に命を護ってやるとは、良材は何を考えているのか。

解せぬ限りだったが、上役の頼みごとを拒むわけにはいかなかった。

半蔵自身は勘定所勤めに未練など無いが、佐和は違う。

算勘の才を代々発揮し、小なりとはいえ直参《じきさん》旗本として、公儀のために御用を果たしてきた笠井の家名と職に、誇りを持っているのだ。

もしも御役御免になれば、佐和はどれほど落胆するか分からない。

半蔵は妻を愛している。

影御用の話が舞い込んだ当時は無能ぶりへの叱責が頂点に達しており、もはや夫婦《めおと》でいられるのも限界と思えたものだが、こちらには惚れた弱みがある。

佐和は、自分には過ぎた妻。

なればこそ大事にしたいし、もっと仲睦《なかむつ》まじく暮らしたい。

そんな半蔵の願いが通じたのか、このところ佐和は優しい。

長いこと床を別々にしているのは相変わらずだが、以前のように怒鳴り散らすことは無くなり、二人の女中と中間にも当たり散らさなくなっていた。

今の佐和のためならば、骨身を惜しまずに働ける。

どれほど指導してくれても思うように上達しない、苦手な算盤の技量が必要な平勘定の職場では、力を発揮するのは難しい。

されど、影の警固で腕を振るうのは望むところだ。

「いかがなされたのですか、お前さま?」

筆硯《ひっけん》を片付けながら、佐和が不思議そうに問うてくる。

「何やら物想いにふけっておられたようですが……」

「いや、ちと腹が空《す》いただけだ。昼食を早う頼むぞ」

半蔵は笑顔で答え、佐和を台所に送り出す。

お膳を運んでもらうのを待ちながら自分の筆硯と帳面を仕舞い、義父から譲られた『塵劫記』を丁重に運んで片付ける。

笠井家にとって、この初版本はいわば家宝。

家名と同様、しっかりと護っていかねばなるまい。

昼の食事を済ませた後は道場へ稽古《けいこ》に赴《おもむ》き、一汗流すつもりだった。

算盤の腕前を急に上達させるのは難しいが、剣の腕には下地がある。

磨《みが》きをかければ、更なる上達を期することができるのだ。

今宵《こよい》もまた、矢部定謙を警固しに出向かなくてはならない。

勘定所勤めが非番の日でも、影の御用は毎日続く。

佐和の変化に喜びながらも気を抜かず、万が一にも警固で不覚を取らぬように心がけねばなるまい。今や半蔵は桜の時期だからといって、浮かれることもままならぬ身の上なのだ。

「今年の花見は夜桜で良しとするか……」

縁側にそよ風が吹き寄せる中、つぶやく半蔵の面持《おもも》ちは険しい。

天保十二年の江戸は春たけなわだった。

第二章　鍛えし気組《きぐみ》

一

佐和の給仕で昼食を済ませた半蔵は袴《はかま》を穿《は》き、愛用の防具一式と稽古着、竹刀と木刀を自ら担いで、神田駿河台《かんだするがだい》の屋敷を後にした。

笠井家をはじめとする大小の旗本の屋敷がひしめく駿河台を下り、牛込《うしごめ》御門を抜けて向かった先は、市谷《いちがや》の柳町《やなぎちょう》。

高台へと続く坂道を、半蔵は黙々と進みゆく。

この坂を登った先の一隅に、小さな剣術道場が在る。

二年前、天保十年（一八三九）に開かれた町道場の名前は試衛館《しえいかん》。

半蔵が武州の地で学んでいた、天然理心流《てんねんりしんりゅう》の総本山だ。

門前の稲荷《いなり》の祠《ほこら》に向かって柏手《かしわで》を打ち、半蔵は道場の門を潜《くぐ》る。

例によって、道場主が不在にしているのは承知の上。

玄関の脇に稽古道具を置かせてもらい、まずは母屋《おもや》に足を運ぶ。あるじの留守を預かる奥方に挨拶した上で、手土産《てみやげ》の菓子折を渡すためだった。

夫婦の好物の豆大福を謹んで差し上げ、滞《とどこお》りなく挨拶を済ませた半蔵は、玄関先の荷物を回収した上で道場に向かう。

小さな稽古場は、近所の麹屋《こうじや》から提供してもらった蔵を改装したもの。

無人の稽古場の前で足を止め、半蔵は担いだ荷を置く。

足袋《たび》を脱いで素足になった上で、屋内に向かって頭を下げる。

稽古場に一歩入り、うやうやしく拝礼する先には神棚。

道場とは神聖な場所である。

むくつけき男たちが気合いの声を張り上げまくり、汗まみれになって打ち合うための空間だからといって、無作法にずかずか踏み入るなど以《もっ》ての外《ほか》。他に誰もいなくても、礼を尽くすのは当然だった。

荷物を担いで進み行く、半蔵の足の運びは静かなもの。

稽古場の床には一枚板が用いられ、撓《たわ》むように張られている。

激しく踏んで足を傷《いた》めるのを防ぐために、弾力性を持たせてあるのだ。床下の地面には溝が掘られており、反響を吸収する工夫もされていた。

半蔵は粛々《しゅくしゅく》と歩みを進め、稽古場の奥で足を止めた。

狭いはずの空間が、誰もいないと広く感じる。

町道場に人が集まるのは、おおむね夜明けから昼までと決まっている。直参であれ、旗本や大名に仕える陪臣《ばいしん》であれ、宮仕えの武士たちは出仕の前に立ち寄って稽古をするのが習慣。

北辰一刀流《ほくしんいっとうりゅう》のような人気の流派に比べれば門人が少ない試衛館も、やはり混《こ》み合うのは午前中だった。

稽古相手もいないのに、昼を過ぎてから足を運んでくる物好きは、半蔵ぐらいのものである。

佐和から課せられた算学の勉強をこなすため、非番であっても午後になるまで出かけられぬからではない。

混み合う時間を敢《あ》えて避け、迷惑をかけないように心がけているのだ。

同じ流派の出とはいえ、半蔵はこの道場の門人とは違う。

入門を許された謝礼として束脩《そくしゅう》を納めた上で月謝を払い、技量の上達に伴って切《きり》紙《かみ》、目録《もくろく》、中極意目録《ちゅうごくい》、免許を授かるときの礼も欠かさぬつもりでいる門下生たちから見れば、道場主の弟子でもないのに出入りしている半蔵は、一介の門外漢でしかないからだ。

ただでさえ手狭な道場に図体の大きい自分が潜り込み、稽古の邪魔になっては申し訳ない。

他の門人たちのように防具を置かせてもらわず、いちいち持ち帰るのも、稽古場と同様に狭い道具置き場で、余計な場所を取るのを避けるためだった。

道場主の夫婦に礼を尽くし、出入りの許しをもらっていながらも、半蔵は遠慮することを常々忘れずにいた。

この試衛館の道場主は、近藤周助邦武《こんどうしゅうすけくにたけ》という。

当年五十歳の周助は、天然理心流の三代目として、代々の宗家が冠する近藤姓を受け継ぐ立場である。

生まれは武州多摩郡の小山《こやま》村。後の東京都町田市。

周助の実家は、村で名主を務める島崎《しまざき》家。農民でありながら苗字まで許された名家だが、五男坊では家を継ぐどころか、田畑も満足に分けてはもらえない。

そこで周助が進んだ道は武芸の師匠について修行に励み、武士に準じた身分と公儀が認める、剣術道場主となることだった。

その師匠は、天然理心流二代宗家の近藤三助方昌《さんすけのぶあき》。

開祖の近藤内蔵之助長裕《くらのすけながひろ》に選ばれて二代目となった三助は戸吹《とぶき》村、後の東京都八王子市で名主を代々務めた坂本《さかもと》家の長男。

在《あ》りし日には名主として村を治める一方で地元に道場を構え、開祖の内蔵之助から受け継いだ剣術と柔術《やわら》、棍術《こんじゅつ》（棒術）を教えていた。

今は亡き三助は、半蔵の師匠でもある。

血のつながらぬ母親から疎《うと》まれ、継子《ままこ》扱いされるのを見かねた祖父の村垣定行《むらがきさだゆき》の配慮で築地《つきじ》の屋敷を出て、江戸市中を遠く離れた戸吹村に身を寄せた幼い半蔵を三助は村の名主として、武術の指導者として、厳しくも親身になって世話してくれたものだった。

教えを受けたのは十歳前後の、ほんの数年の間だけだったが、無二の師であることに変わりはない。半蔵は、そう思っている。

三助の監督の下で幼い頃から木刀を握り、体力を培《つちか》うのを兼ねて野良仕事も手伝いながら、武術を学ぶ上での基礎となる手ほどきを受けていなければ、修得が困難とされる三術――開祖から二代目に受け継がれた、天然理心流の剣、柔、棍の三種の武術を、その後の修行で身に付けるのも不可能だったに違いない。

師匠は生涯一人のみ。それが武の道の不文律《ふぶんりつ》。

指導は幾人から受けてもいいが、複数の師匠を持ってはなるまい。

斯様に思い定めた半蔵は、文政二年（一八一九）に三助が没した後も、すぐに江戸には戻らなかった。戸吹村の道場で大人たちと稽古を共にし、野良仕事を手伝いながら、二十歳《はたち》前まで武州の地で暮らしたのである。

陰ながら見守ってくれていた、祖父の定行の計らいで元服してからも、豊かな緑に囲まれた地での日々は続いた。

戸吹道場を引き継いだ松崎正作《まつざきしょうさく》から指導を受ける一方、亡き三助の親戚で門下随一の実力者と謳われ、千人同心の家へ養子に行った増田蔵六《ますだぞうろく》の許《もと》にも出入りをさせてもらい、農閑期には八王子千人町の屋敷内の道場へ日参し、朝から晩まで三術の修錬に明け暮れたものだった。

かくして修行三昧《ざんまい》の歳月を過ごした半蔵だったが、免許はもとより初歩の切紙さえ得てはいない。

亡き三助は幼い半蔵の身柄を預かるときにあらかじめ、世話は焼いても弟子には取らぬと、祖父の定行との間で約束を交わしていたからだ。

日陰の身とはいえ、半蔵は直参旗本の血を引く立場。

ましてて村垣家は代々の御庭番から定行が勘定奉行に出世を遂げ、淡路守《あわじのかみ》の官名まで授かった名家である。

いずれ江戸に戻ったとき、市中では無名に等しい一門の弟子になっていたと世間に知れては、必ずや外聞を憚《はばか》るはず。

人間も流派も貴賤《きせん》で値打ちが決まるわけではあるまいが、天然理心流は開祖が半士半農の郷士。二代目を継いだ自分も、名主とはいえ身分は農民。

江戸の剣術界から相手にされず、取るに足らない存在と決めつけられてしまうのも止むを得まい。

学ぶ者が農民ばかりというのは明らかな誤解であり、開祖の高弟で一門の重鎮の小幡萬兵衛《おばたまんべえ》や、三助の門人の藤野永助《ふじのえいすけ》といった、幕臣の身で天然理心流を学ぶ者も少なからずいるにはいる。

とはいえ名のある旗本の子弟を、田舎剣術と揶揄《やゆ》される流派に、敢えて関わらせてはいけない。

『こちらの御子には、見込みがあり申す。このまま何もさせずに、埋もれさせてしもうてはなりますまい。下地を作ることにだけは力を貸しまする故、大きゅうなりました暁には名門と呼ばれる流儀の道場に改めて入門させ、どうか身が立つようにしてやってくだされ。手前は不遇なる御子を世に出す手伝いとして、お役に立たせていただきとう存じ申す』

後で定行に聞いたところ、三助は斯様に約した上で半蔵を預かったという。

その三助亡き後に半蔵の世話を引き継いだ正作と蔵六も、村のたくましい若者たちも顔負けの、剽悍《ひょうかん》な青年に育った半蔵を、決して自分の門下に加えようとはしなかった。

門外漢と見なして伝書も与えぬ代わりに、本来ならば門人以外の者には教えてはならない三術を、惜しみなく授けてくれたのである。

むろん、半蔵に不満はなかった。

何も免許が欲しくて、修行に励んできたわけではないからだ。

無二の恩人であると同時に、憧れの存在でもあった亡き三助に、そして正作や蔵六に近づきたい。そんな一念で頑張っていただけなのである。

もちろん、周助も尊敬に値する兄弟子の一人だった。

三助亡き後に十余年の時を経て、周助が宗家の座に着いたのは天保元年（一八三〇）。同時に宗家の証しである近藤の姓も受け継ぎ、小さいながらも江戸城下の道場を構えるに至った今は、自他共に認める天然理心流の三代目。

門人のほとんどが武州の農民たちであり、宗家自ら多摩郡の村々を廻る出稽古を専《もっぱ》らとするのが現状でも、江戸に進出できたのは喜ばしい。

天然理心流の宗家が市中で看板を掲《かか》げたのは、開祖の長裕が両国の薬研堀《やげんぼり》に町道場を構えていた当時以来のことなのだ。

麹屋の蔵を改装した道場であっても、ここは一門の総本山。

道場主が留守の間に、不遜《ふそん》な真似をしてはなるまい。

「さて、始めるか……」

板の間の下座で着替えを終えて、半蔵は稽古場を一旦出る。

下駄を突っかけて庭の井戸端《ばた》に立ち、汲《く》み上げた水を手桶《ておけ》に注ぐ。

雑巾がけをするためだ。

武芸の世界では、道場の床を拭くことも作法の一環とされている。

稽古に用いられる部分を中心に、床板を端から端まで拭き上げるのだ。

後の世のように特殊な表面塗装がされていない床は乾燥しやすく、稽古をしていれば幾人もの足の裏で繰り返しこすられるため、尚のこと乾きが早い。湿気が無い床はすべりやすいばかりか、ささくれ立って足に刺さる。

きつい稽古を少しでも快適に行う上で、日々の雑巾がけは欠かせない。
門人が集まっていれば、目下の者が率先してやるべきことである。
しかし、今は半蔵しかいない。
一人きりだからといって、作法を省《はぶ》くわけにはいかなかった。
半蔵は拡げた雑巾に両手を突き、尻を立てる。
長い脚で床を蹴《け》り、右から左へ、左から右へと行き来する動きは慣れたもの。
雑巾がけに励む男の巨軀《きょく》を、武者窓から射《さ》し込む陽光が優しく照らしている。
洗って絞ることを繰り返すうちに、たちまち手桶の水は黒くなった。
午前中の稽古が終わった後の清掃が、どうやら行き届いていなかったらしい。
埃《ほこり》を吸った雑巾で拭いたところで、汚れを伸ばしてしまうばかりである。
替えに立とうとしたとき、縁側に一人の男が現れた。
汲み立ての水を満たした桶を片手に、切れ長の目を細めて微笑んでいる。
「ご精が出ますね、半さん」
「高田《たかだ》か？」
「お久しぶりです」
微笑む男は、まだ若い。

形の良い顎《あご》に、青々とした髭《ひげ》の剃《そ》り跡が目立つ。

半蔵に劣らず、彫りが深くて男臭い。

伸びやかな長身に、黄八丈《きはちじょう》の着流しが似合っている。

月代《さかやき》を広めに剃り上げ、鬢《びん》の毛を頬《ほお》に向かって一直線に剃り落とした髪型は小銀杏《こいちょう》髷《まげ》。

名前のとおりに丁髷《ちょんまげ》が大《おお》銀杏よりも細くて短い、武士と町人の中間といった感じの結い方である。

右手に手桶を提《さ》げ、三つ紋付の黒羽織を脱いで左手に持っていた。

帯前に脇差。左腰には刀。

いずれも黒鞘《くろざや》の、地味な拵《こしら》えである。

後ろ腰に斜めに差しているのは、朱房《しゅぶさ》の十手《じって》。

この若い男は、町方の廻方《まわりかた》同心なのだ。

高田俊平《しゅんぺい》、二十二歳。

三十俵二人扶持《ぶち》の同心として、北町奉行所に出仕し始めて二年目の身。

見習いの番方《ばんかた》若同心となって早々に手柄を立てて、犯罪捜査に専従《せんじゅう》する廻方に異例の早さで抜擢《ばってき》されたのは、昨年の六月のこと。

若いながらも腕が立ち、今や廻方に欠かせぬ一員として、奉行の遠山左衛門尉景元《とおやまさえもんのじょうかげもと》の覚えも目出度《めでた》い。

「さぁ、早いとこ済ませちまいましょうぜ」

敬語を交えながらも伝法《でんぼう》な口調で呼びかけつつ、俊平は縁側に手桶を置く。

上がる前に足袋を脱ぎ、神棚に向かって一礼するのは忘れない。

礼儀を心得ているのも当然だった。

この高田俊平、試衛館道場の門人なのだ。

剣術を学んでいても、生まれながらの武士とは違う。

本郷《ほんごう》でも有数の薬種問屋の倅《せがれ》で、そのままいけば父親を継ぎ、大店《おおだな》のあるじとなって、何不自由なく暮らせるはずの立場であった。

しかし、人には向き不向きというものがある。

俊平は幼い頃から喧嘩《けんか》っ早く、相手が年嵩《としかさ》でもまったく恐れぬばかりか、武家の子弟にも躊躇《ちゅうちょ》せずに立ち向かい、やっつけてしまうのが常だったという。

子ども同士の取っ組み合いならば大目にも見られるが、成長してから同じ真似をすれば無礼討ちにされかねない。

当人は命知らずでも、親としては心配な限りだった。

息子の気性は、容易には改まるまい。

無理に店を継がせるよりも、持ち前の強さを世間様の役に立つように活《い》かしてやったほうがいい。斯様に考えた父親の小諸屋太兵衛《こもろやたへえ》の計らいで、俊平は同心株を買ってもらい、北町奉行所に勤めるに至ったのだ。

そんな暴れん坊の若者も、剣術修行には真面目に取り組んでいた。

十代の頃から多摩郡まで足繁く通って天然理心流を学び、師の周助が二年前に試衛館が道場開きをするや早々に入門し、廻方同心に抜擢されて御用繁多な身になってからも、稽古にはできるだけ顔を出している。

その腕前は粗削《あらけず》りながら半蔵も認めるほどであり、素手で組み合ってもかなり強い。まだ若いだけに、先が楽しみな逸材《いつざい》であった。

とはいえ、昼日中から姿を見せるとは解せぬことである。

南北の町奉行所に十四名ずつ配属されている廻方の内訳は、隠密廻二名、定廻《じょうまわり》六名、臨時廻六名。

隠密廻は奉行から直《じか》に命《めい》を受け、常に変装して探索するのが専門のため、残る十二名が市中見廻りの任を担っている。

人知れず調べを付け、事件を解決に導くばかりでは、犯罪は撲滅《ぼくめつ》できない。常に目を光らせているのを周知させることで、善人に安心感を与え、悪人に対しては威嚇《いかく》を欠かさぬことも必要なのだ。

士分でありながら髪を小銀杏に結い、着流しに三つ紋付を重ねた、一目でそれと分かる姿で町中を巡回する、定廻の一同心として、俊平は築地の本願寺一帯の見廻りを担っていた。

「おぬし、持ち場を離れても大事ないのか」

「大丈夫ですよ。政吉《まさきち》とっつぁんに、ちょいと任せてきました」

政吉というのは、俊平の配下の岡っ引きの名前。

今年で還暦の身でありながら、身の丈が六尺近く、力士さながらにたくましい巨漢である。一度は捕物御用から身を引いて、深川の霊巌寺《れいがんじ》で住み込みの寺男として働いていたものだが、半蔵も付き合いのある、南町奉行所の元吟味方《ぎんみかた》与力の宇野幸内《うのこうない》に引き合わされた俊平のことが気に入って、現役に復帰してから早くも二年目を迎えていた。

「年寄りを使い立てるのは感心せぬな……」

政吉とも面識のある半蔵は、苦言を呈さずにはいられない。

「そう言わねぇでおくんなさいよ」

悪びれることなく答えた俊平は、微笑みを絶やさずに言葉を続ける。

「ちょいと半さんの稽古相手をしてくるぜって頼んだら、二つ返事で引き受けてくれましたぜ」

「されば、俺のために？」

「一人っきりで重てぇ木太刀《きだち》をぶん回すばかりじゃ稽古になるめぇ、しっかりと若様のお相手をして差し上げてくだせぇって、逆に尻を叩かれましたよ」

「まだ若様と呼んでくれておるのか……」

つぶやく半蔵は面映《おもは》ゆい。

懐かしい名前を耳にして、過去に思いを馳《は》せていたのだ。

築地の村垣家でかつて中間奉公をしていた政吉は、半蔵が母親から継子扱いをされていた当時の、数少ない味方の一人であった。

若い頃には無頼の遊び人で、剛腕に物を言わせて無茶もしたそうだが、幼い頃の半蔵と腹違いの弟にとっては強くて面白い、格好の遊び相手だった。

半蔵は、直参旗本の村垣家の庶子《しょし》として育った身。

厳密に言えば、正式な妾《めかけ》の子とも違う。

本妻が当主との関係を承知した側室の息子であれば、後継ぎ候補の一人と公儀からも認められるため、嫡子に万が一のことがあった場合に備えて、それなりに大事にもされたはず。

だが母親の珠代《たまよ》は、父の村垣範行《のりゆき》が一度だけ手を付けた奥女中。半蔵にとって義母に当たる本妻に激しく嫉妬され、側室に迎えられぬまま出産したものの、子を産み落とすと同時に命を落としてしまった。

父の範行、そして祖父の定行は丈夫な男児の誕生を喜んだものの、美貌の持ち主で性格も勝気であり、口応《くちごた》えばかりしていた珠代を死した後も憎んで止まない義母は、四年後に生まれた弟の範正《のりまさ》だけを溺愛《できあい》した。

幼い頃の半蔵は、実に危《あや》うい立場に置かれていたのだ。

いつの世も、虐待は知られざるうちに行われる。

閉鎖された武家では尚のこと、表沙汰《おもてざた》にはなりにくい。

武士の家庭において絶対の権威を持つ家長と隠居も、母親の子どもの扱い様《よう》を終日見張ってはいられない。

奉公人たちも中間の政吉を除いては誰も奥方に逆《さか》らえず、半蔵がいじめられているのに気づいていながら、見て見ぬ振りをするばかりだった。

折に触れてかばってくれた政吉もお払い箱にされてしまい、いよいよ孤立無援になったときの半蔵は、生きた心地がしなかったものである。

弟の範正とは仲が良く、いつも一緒に遊んでいたものだが、非情な義母は兄弟の仲まで裂こうとした。食事や着る物に差を付けるだけでは飽き足らず、チャンバラごっこで範正にかすり傷を負わせただけでも大騒ぎして、行き過ぎた折檻《せっかん》を加えるのが常だった。

かかる状況を見かねて、祖父の定行は半蔵を屋敷から遠ざけたのだ。

里子《さとご》に出したわけではない。

旧知の幕臣の小幡萬兵衛が後見している天然理心流を学ばせつつ、緑も豊かな江戸郊外の武州の地で、伸び伸びと成長させてやりたい。

定行は左様に考え、萬兵衛に紹介してもらった三助に頼んだ上で、幼い半蔵を戸吹村に移らせたのである。

人はよくても本妻には頭の上がらぬ父の範行に成り代わり、不遇な孫のために手を尽くした定行は、亡くなる前にも格別の配慮をしてくれた。

没する前年の天保二年（一八三一）、築地の屋敷に戻っていた半蔵を、笠井家に婿入りさせたのである。

同時に定行は範正を分家させ、半蔵に劣らぬ剽悍な青年に育った彼を、将軍の身辺を警固する小十人組《こじゅうにんぐみ》に編入できるように取り計らった。

本家は継がせぬまでも村垣姓はそのままであり、幕府の武官の中でも精鋭揃いの名誉ある役職に就《つ》かせたとなれば、口うるさい本妻も文句は言えない。

定行は半蔵の身が立つようにしてやる一方で、今一人の可愛い孫である範正を母親から遠ざけ、自立を促《うなが》したのだ。

そんな祖父の計らいの甲斐あって、半蔵と範正は健《すこ》やかに生きている。

今年で二十九歳になった範正は、猛者《もさ》がひしめく小十人組でも指折りの手練《てだれ》として頼りにされており、頭も切れるので将軍の家慶《いえよし》公はもとより、幕閣のお歴々の覚えも目出度い。

一方の半蔵も、婿としての日常に以前ほど萎《な》えてはいなかった。

見合いの席で一目惚れして以来、どんなにきつい目に遭わされても佐和に抱く愛情は変わらぬし、笠井家代々の役目として担わされた、日々の勘定所勤めが相変わらず辛くはあるが、奉行の梶野土佐守良材から思いがけず影の警固役を命じられたことは、良くも悪くも刺激となっている。

警固する対象の矢部左近衛将監定謙は手のかかる人物であり、なぜ護ってやる必要があるのかと首を傾《かし》げずにいられぬほど、素行も悪い。

だが、引き受けたからには任を全《まっと》うしなくてはなるまい。

下手《へた》に良材に逆らって笠井の家名を危うくされ、佐和を悲しませたくないのはもちろんだが、何事も自分からやり甲斐を見出《みいだ》さなくては続かない。

影御用は剣客として、腕の振るい甲斐がある役目だった。

うだつの上がらぬ平勘定の半蔵が、裏では勘定奉行の密命を奉じて動く立場であることを、職場の上役や同僚は誰も知らずにいる。

十年も勘定所に勤めていながら算盤も満足に扱えぬ彼が、ひとたび剣を取れば無類の強さを発揮できるとは、考えてもいないのだ。

半蔵が十代の日々を武州の多摩郡で過ごし、江戸市中では無名ながら実戦志向の強さでは数々の名門流派に引けを取らぬ、天然理心流を学び修《おさ》めていることを知る者は少ない。

高田俊平は、そんな半蔵の実力を知っている。

たとえ正式な門人でなくても兄弟子と認め、無垢《むく》な敬意を寄せてくれる後輩であるのと同時に、影御用の心強い協力者の一人でもあった。

とはいえ、半蔵も子細までは明かしていない。

話してあるのは、俊平も出動した吉原での一件で勘定奉行の窮地を救ったのが発端となり、思いがけず影の御用を仰せつかって、これまでどおりに平勘定として働きながら、人知れず奔走せざるを得なくなったということのみ。

護る対象が矢部定謙だという事実については、まだ明かしていなかった。

南北の町奉行にとって、あの男は忌《い》むべき存在だからだ。

出世街道を外れた定謙が嫉妬の念を燃やす相手は、子飼いの家士を刺客《しかく》として差し向けた、勘定奉行の梶野良材だけとは違う。

南北の町奉行に対しても、取って替わろうとする野望を抱いているのだ。

昨春の着任以来、世間の評判も上々な北町奉行の遠山左衛門尉景元。

今年で在任二十年目を迎えた、老練の南町奉行の筒井伊賀守政憲《つついいがのかみまさのり》。

定謙は二人の名奉行を陥《おとしい》れて失脚させ、後釜に座ろうと目論んで、幾度も策を弄《ろう》してきたという。

すべて真実とすれば、半蔵はとんでもない悪党を護っていることになる。

半蔵は俊平だけではなく、宇野幸内からも話を聞いていた。

昔なじみの政吉が心服する人物の言葉となれば、偽《いつわ》りとも思えない。

まして、相手は取り調べの玄人《くろうと》だったのである。

若い俊平だけが言うことならば思い込みとも受け取れるが、あの名与力が吟味《ぎんみ》した上で出した所見となれば、半蔵も考えさせられざるを得なかった。

一昨年の暮れに南町奉行所から永《なが》の暇《いとま》を取り、かの松尾芭蕉《まつおばしょう》にゆかりの新大橋《しんおおはし》に構えた隠居所で晴耕雨読の毎日を楽しむ幸内だが、現役当時は筒井政憲の片腕と言うべき存在だった。

事件の審議を司《つかさど》る吟味方与力として手腕を発揮し、罪を逃れようとする悪党を鬼の如く責め落とす一方で、止むにやまれぬ事情から罪に走った者には温情ある裁きを下し、冤罪《えんざい》を晴らすために自ら手がかりを求めて、廻方も顔負けの行動力を発揮するのが常だったために「南町の鬼仏《おにほとけ》」と呼ばれ、周囲から畏怖《いふ》と敬意を寄せられて止まずにいたものである。

政吉が更生し、岡っ引きとなる以前に村垣家で中間奉公をしていたのも、幸内の計らいがあればこそなのだ。

そんな人物が語ってくれたことだけに、嘘偽りとも思えないのだ。

やはり、矢部定謙は護るに値する存在とは違うのか。

このまま生かしておいては、世のためにならぬのではあるまいか。

だが、こちらにも事情がある。

影の警固役を続けることには、意味があるのだ。

このまま隠しておくのは心苦しいが、腕も磨《みが》いておかねばならない。

今日のところは、好意に甘えておこう。

俊平は御用繁多の合間を縫《ぬ》い、稽古の相手をするために、わざわざ足を運んできてくれたのだ。

政吉から尻を叩かれたと言いながら、当人もやる気十分だった。

二

陽《ひ》は西の空に傾きつつあった。

いつまでもぐずぐずしていては、稽古をする時間が無くなってしまう。

「こんなもんでいいでしょう」

「うむ」

雑巾がけを終えた二人は、それぞれに支度を整える。

稽古着の襟《えり》を正し、持参の木刀を袋から取り出す半蔵をよそに、俊平は黄八丈の裾を、帯の後ろにはさみ直す。雑巾がけを手伝っていたときよりも多めに裾をはしょり、太い腿を剝《む》き出しにしたのだ。

防具も稽古着も道場に置いてあるはずなのに、着替えようとはしない。平服のままで、立ち合うつもりなのだ。

半蔵は咎《とが》めることなく黙々と、体ならしの素振りを始めた。なぜ俊平が着替えをしないのか、察しが付いていたからだ。

廻方同心は危険を伴う役目である。

鎖帷子《くさりかたびら》に身を固めて捕物出役《しゅつやく》に臨むときは言うに及ばず、見廻り中にも凶悪犯に遭遇すれば十手を向け、町奉行所の威光に屈しなければ、腕ずくで取り押さえなくてはならない。斬り捨て御免の火付盗賊改と違って、刀をむやみに抜くわけにもいかないため、命を落とす恐れも大きい。

常に慌てず、自然体で戦える心がけが必要なのだ。

普段着で立ち合おうというのも、そんな平常心を養うためと見なせば、納得がいくというもの。本来は道場での礼儀作法に反することであるが、今ならば他の門人たちもいないので、着替えをしなくても平気であった。

たとえば、薩摩《さつま》の島津《しまつ》家に戦国の昔から伝わる示現流《じげんりゅう》では、激しい動きを伴う稽古であっても着装を改めずに、普段着でユスノキの太い枝を乾燥させて作った木刀を振るうという。神聖な場である道場や師に対し、無礼とも思える振る舞いだが、敵といつ遭遇しても冷静に実力を発揮できる、心構えを養うための慣習であるらしい。

行住坐臥《ぎょうじゅうざが》、どんなときに戦いに巻き込まれるか分からぬ立場なのは、廻方同心の俊平も同じこと。それも刀を抜く折など生涯に一度あるかないかの、宮仕えの武士とは違って、捕物は日常の一部。しかも相手をできるだけ斬らずに、無傷で取り押さえることが求められる立場となれば、苦労も多い。

その点は、半蔵も同様だった。

たとえ影の御用であっても、みだりに人を斬ってはなるまい。

相手を殺すことなく、警固の任を全うしよう。

そう心に決めていればこそ、午前中に算学の問題との格闘で疲れていても道場に足を運び、稽古を積むことを自らに課そうと心がけることもできるのだ。

思いがけず、俊平が来てくれたのは幸いだった。

政吉が案じるほど独り稽古が実にならぬわけでもないが、やはり立ち合う相手がいるのといないのとでは違う。

肩慣らしも程々にしておかなければ、肩を傷めてしまう。

太く重たい木刀を下ろし、半蔵は一息つく。

薪《まき》を思わせる一振りは、柄《つか》も並外れて太かった。

六尺近い長身に見合って、手のひらも並より大きい半蔵でさえ、ようやく指が回るほどである。

天然理心流の木刀に独特の造りは、手の内《うち》を培うためのもの。

刀を抜き、突き、斬るときに柄を操作する十指《じっし》の動きを指して、剣術用語では手の内と呼ぶ。

ただでさえ扱いにくく、わずかでも手元が狂えば取り落としかねない、際立って太い木刀を用いることによって、指の締め込みに慎重を期す習慣を会得《えとく》するのだ。

この一振りを手慣らす以上に、実になる稽古はあるまい。

若くて腕の立つ相手と組太刀ができれば、尚のこと申し分ない。

半蔵が肩慣らしをしている間に、俊平は支度を終えていた。

後ろ腰から抜いた十手は、畳《たた》んだ羽織の上に置かれている。

大小の二刀も同様に片づけるのかと思いきや、俊平が抜き取ったのは、帯前の脇差のみ。

左腰に刀を帯《お》びたままで、半蔵に向き直る表情は不敵そのもの。

「木太刀《そんなもん》でよろしいんですかい、半さん」

「何と申すか、高田？」

「何よりも手慣らさなきゃいけねぇのは、お腰のものでしょう？」

うそぶきながら、左手を引いて鞘を払う。

武者窓越しの西日に、露《あら》わになった刀身がきらめく。

目を凝らして見れば、刃が磨《す》り潰《つぶ》されているではないか。

俊平が抜き放ったのは、自前の差料《さしりょう》ではなかった。

相手を殺すことなく打ち倒す、捕物出役の備えとして、町奉行所に用意されている刃引きだったのだ。

「おぬし……」

「嫌だなぁ。幾ら俺が無鉄砲だからって、稽古場で本身なんぞを持ち出すはずがありませんよ」

驚く半蔵に、俊平はにっこり微笑み返す。

「半さんもご自分のを持っておいでなさいまし。掘り出しもんを一振り、愛宕下《あたごした》で手に入れなすったんでしょう？」

「されば、刃引きで立ち合《お》うても構わぬと申すのか」

「はい。最初《はな》っから、俺はそのつもりでしたよ」

「されど、手元が狂えば無事では済まぬぞ」

「そいつぁ木太刀《きだち》も同じこってしょう」

手にした刃引きの切っ先を天井に向けたまま、俊平は自信を持って答える。

「これまでに半さんと俺で立ち合って、一遍でも手元が狂ったことがありましたかね?」

「いや、無い……な」

「だったら大丈夫ですよ。もしも半さんの刃筋《はすじ》が逸《そ》れちまったときにゃ、何とか受けてみせますから」

「まことに構わぬのか、高田」

「いいから、早いとこ得物《えもの》を持っておいでなさい」

「う、うむ」

重ねて勧める俊平にうなずき返し、半蔵は道場の奥へと急ぐ。

大小の二刀は、畳んだ着衣と一緒に置いてある。

床板に両膝を突き、木刀に替えて刀を取る。

この十年来、ずっと帯びてきた黒鞘の地味な拵えだ。

しかし、鞘の中身は今や別物。

婿入りの祝いとして義父から授かった一振りは、梶野良材を襲った五人の刺客との戦いで疵《きず》だらけにされてしまい、もはや用を為《な》さなくなっていた。

研《と》ぎを頼んで疵を消し去り、欠けた刃も一応は直してもらってあったが、再び振るえば折れてしまいかねない。証明の折紙《おりかみ》まで付いていながら、相州正宗《そうしゅうまさむね》が聞いて呆れる代物《しろもの》だった。

家宝の名刀と信じて止まない笠井家の人々には申し訳ないが、とても帯《お》びてはいられない。

修繕したのを保管用の休め鞘に納めて隠し、半蔵は拵えの中身を別の一振りに差し替えてあった。

刀を提げて戻ってくるのを、俊平は神棚の前で待っていた。

抜いて見せたのを鞘に戻し、再び左腰に帯びている。

築地界隈の見廻りを政吉に任せた後、わざわざ呉服橋御門内の北町奉行所まで立ち戻り、自前の差料に替えて刃引きを持ち出してきたのには理由がある。

勘定奉行の梶野良材が襲われた現場に出くわし、助けに入った半蔵が初めての真剣勝負で苦戦を強《し》いられたと聞いたとき、本身ではなく刃引きを得物にすればいいと勧めてくれたのは、他ならぬ俊平なのだ。

半蔵とは一回り近く歳が離れていても、俊平は腕が立つ。

しかも道場で同門の面々を相手取るばかりではなく、捕物御用で数多くの悪党どもと渡り合い、実戦の場で経験を積んでいる。

技量そのものは半蔵とほぼ同等だが、勝負勘は上だろう。

にも拘わらず、これまで人を斬ったことは一度もないという。

最初は信じがたい話だった。

俊平の暴れん坊ぶりは、並ではない。

昨年の三月には北町奉行所に着任して早々の遠山景元から命を受け、深川十万坪で二十人余りの博徒との決闘に及び、たった一人で全員を打ち倒してしまったほどの強者なのだ。

そのときに用いたのも、実は刃引きだったという。

町奉行所の取り締まりに逆らうのを懲《こ》らしめるためとはいえ、腕自慢の群狼の直中《ただなか》に斬れぬ刀を帯びて乗り込むとは、無鉄砲にも程がある。

思いがけない告白に驚いた半蔵に、俊平は本音を込めて言ったものだ。

『斬ろうとするからいけないんですよ、半さん』

たしかに、そのとおりだった。

良材を襲った刺客との対決は、五対一だったのを差し引いても、半蔵が気負いすぎていたことが、劣勢に陥《おちい》った最大の原因と見なしていい。

この判断は、単なる思い込みとは違う。

半蔵が五人の刺客に囲まれ、今にも斬られそうになりながら死地を脱することができたのは、たまたま現場に通りかかった弟の範正が助太刀をしてくれたからだけではない。

朝稽古に出かける途中だった範正が、防具と共に持っていた竹刀を路上に放り出したのを手にしたとたん、持ち前の技量が俄然《がぜん》と発揮されたのだ。

俊平から言われたとおり、相手を斬ろうとする焦りが災いしていたのである。

まったくの偶然とはいえ、手慣れた竹刀を振るったのも幸いしたのだろう。

室町の昔から続く香取神道流《かとりしんとうりゅう》に連なる流派として、天然理心流では古式の礼法と稽古法が遵守《じゅんしゅ》されている。攻守に分かれた二人が所定の技の流れに沿い、素面素小手で木刀を交える組太刀を専《もっぱ》らとしてきた。

そんな天然理心流も時代の流れに合わせ、防具を着けて竹刀で安全に打ち合う撃剣が取り入れられている。特に試衛館の場合、存在を快《こころよ》く思わぬ他流派の修行者が何かと難癖をつけて道場破りに乗り込んでくるため、怪我《けが》をさせることなく引き取ってもらうためには、竹刀で決着を付ける心得が必要だった。

二年前に試衛館が道場開きをして以来、何度も助《すけ》っ人《と》に借り出されている半蔵も幼い頃から組太刀に加えて、撃剣の修行を抜かりなく積んでいた。

そうやって扱い慣れた竹刀を手にしたとたん本領が発揮され、先に範正が斬り伏せていた一人を除く四人を相手取り、瞬《また》く間に打ち倒してしまうことができたのである。

強いて相手を斬り伏せようと考えず、昏倒させて動けなくすることにのみ注力したからこそ、劣勢から逆転できたのだ。

されど、同じ真似を本身で為すのは難しい。

峰打ちは相手の体に届く寸前に刀身を反転させて軽く打ち、斬られてしまったと思い込ませて失神を誘う高等技術であり、それなりに剣の修行を積んだ半蔵も容易にできることとは違う。

かと言って、芝居でやっているように、峰を返したままで強く打ちこめば刀身が衝撃を受け、さすがに折れはしないまでも歪《ゆが》みが生じてしまう。

刀の反りには反動を吸収する機能があり、斬るときはもとより、柄で当て身を浴びせるときも刃の付いている側ならば強く打っても問題ないが、反対の峰の側に衝撃が加わってはうまくない。

竹刀なり木刀なり、打つことに特化しているほうが扱いやすいのだ。

しかし、稽古に出かけるわけでもないのに、持ち歩くのは不自然である。

武士の身分の標章として、常に帯びていても周りから怪しまれることのない刀で以て、同じことができなくてはなるまい。

そこで俊平が自身の経験に基づき、半蔵に助言してくれたのが、外装は本身と変わらなくても実は刃が潰してあり、斬れぬ代わりに思い切り相手を打ち倒すのが可能な、刃引きを帯びることだったのだ。

最初の影御用で半蔵が振るったのは、俊平が北町奉行所からこっそり拝借したのを貸してくれた、捕物出役の備え。

廻方同心の俊平が私用で持ち出すぐらいは大目に見られても、捕物御用とは何の関わりもない身で、町奉行所の備品をいつまでも借りたままはいられない。

謹《つつし》んで返却した上で、半蔵は新たな刃引きを用意していた。

よそから借りたのではなく、自前で購《あがな》ったのである。

費用に充《あ》てたのは、梶野良材から下げ渡された臨時の報酬。

大坂西町奉行だった当時に買った恨みで命を狙われた矢部定謙を救出し、巻き添えを食った良材も助けた礼として、大枚の小判を頂戴《ちょうだい》したのだ。

できれば佐和に新しい着物を買ってやりたかったが、笠井の家を護るためには何よりも、影御用を全うすることを優先しなくてはならない。

初仕事は幸いにも上手くいったが、頼りになる得物を手に入れておかなければ今後の役目に差し障《さわ》る。

たとえ俊平から拝借し続けたとしても、ありふれた数打ち（量産）の刀を加工しただけの刃引きでは、強敵と対決したときに折られてしまいかねないし、そうなっては、ひとつきりの命を落とす羽目になる。

婿入り先の家名を護り、わが身も護る。

それが武術しか能のない、不器用な自分が示せる、佐和への愛情なのだ。

斯様に思い定め、妻には明かせぬ御用で得た金子《きんす》を余さず費やして、半蔵が手に入れたのは申し分のない一振りだった。

「待たせたな、高田」

「いいえ」

「されば、参ろうぞ」

間合いを取って俊平の前に立ち、半蔵は軽く一礼した。

二人揃ったところで神棚に向き直り、それぞれに拝礼する。

神前の礼を済ませた上で、二人は鞘を払った。

互いに中段の構えを取り、手にした刃引きを下ろしていく。

両の手で柄を握ったまま腰を沈めていき、床に置いたのだ。

後の世の剣道で相互の礼を交わすときの蹲踞《そんきょ》の姿勢とは違って、膝の間は余り大きく開かない。

刀身を左に傾け、切っ先は前方を向いている。

二人は切っ先をぴたりと合わせ、音を立てぬようにして手を離す。

これは天然理心流の剣術形を行う前の、礼法に則した所作《しょさ》である。

口を閉ざすのはもちろんのこと、表情も変えてはならない。

しかし、俊平は微笑せずにはいられなかった。

半蔵から目を逸らすことなく、その全身を視界に捉《とら》えた上で、床の上の刃引きを感心した様子で眺めやっている。

窓越しの陽光にきらめく刀身は、見るからに頑丈そのもの。

全体に幅広で厚みがあり、切っ先は猪の首を思わせるほど太い。

刃の部分は蛤《はまぐり》の殻の如くに、こんもりと肉が盛り上がっていた。

猪首《いくび》切っ先と蛤刃《はまぐりば》は、鎌倉時代中期の太刀の特徴。

むろん、古《いにしえ》の姿のままではない。

鎌倉の世から南北朝の動乱前後に作られた太刀は、おおむね豪壮で長大なものである。合戦場で槍《やり》や薙刀《なぎなた》、長巻《ながまき》を相手に渡り合うには長くて重い造りが有効に違いないが、持ち歩くには不便である。

まして室町の世を経て、戦国乱世に突入した後は、武士の間では太刀を佩《は》く風習が廃《すた》れ、刃を上に向けて抜き打ちしやすく帯びる刀が一般化したため、長すぎるものは磨《す》り上げ——柄に差し込む茎《なかご》の部分を断ち、刀身の下部を加工して新しい茎を設ける、短縮加工が多く施《ほどこ》された。

趣味で刀剣を蒐集《しゅうしゅう》する好事家《こうずか》ならば、磨り上げがされる前の、古のままの太刀でなくては食指が動かぬことだろう。

だが、半蔵は道楽で高価な買い物をしたわけではない。

ふだんから持ち歩いても怪しまれぬように長すぎず、重すぎない、一般の武士が帯《たい》用《よう》する、定寸《じょうすん》の刀に近い形が望ましかった。

その点、目を付けた一振りは申し分なかった。

刃長を二尺三寸から二尺三寸五分と幕府が定めた、定寸よりも短めの二尺二寸物なのは、馬を用いる身分に非《あら》ざるために装備が軽量でなくてはならない、戦国乱世の徒歩《かち》武者が帯びていたが故のことと見なされた。

半蔵はこの一振りを置いていた愛宕下の刀屋と交渉し、手持ちの小判で賄《まかな》える額になるまで負けさせた。

最初は値引きに応じようとしなかった刀屋のあるじの弁によると、鎌倉の昔に時の幕府の招きを受けて京の都から相模国《さがみのくに》へと移り住み、鎌倉鍛冶《かじ》の祖の一人となった粟《あわ》田口国綱《たぐちくにつな》の作に間違いなしとのことだが、まず有り得ぬことだった。

覇気のみなぎる作風と直刃丁子《すぐはちょうじ》乱れの刃文《はもん》はたしかに似ているが、かの正宗の先達《せんだつ》である国綱の太刀が、徒歩武者向けに短く磨り上げられた姿で、天保の世に出回るとは考え難《がた》い。

あるじを根負けさせて半蔵が入手し、刃引きにした一振りに銘は無かった。

元の銘が磨り上げによって失われたことは当然ながら、間違いなく名工の作であれば、新しく設けた茎には鏨《たがね》で彫り付けるなり、金象嵌《きんぞうがん》を施すなりして、鑑定書が付いておらずとも正真《しょうしん》と分かるようにするだろう。

本物かどうかはともあれ、刃を潰すのがもったいないほど、良い一振りであるのは間違いなかった。

片手でも振るいやすく、寸が詰まった刀身は、調子（バランス）もいい。

刀とは、長ければ良いというものではない。

長くて重たい得物は空振《からぶ》りしたとき、体勢を立て直すのに時間がかかる。

ほんの一瞬の差が、真剣勝負の場においては命取り。

短すぎては話にならぬが、二尺二寸もあれば十分だ。

相手の刀が定寸以上でも、こちらの並より大きな体軀を生かし、肘《ひじ》ではなく肩を支点に振るうことで補える。

半蔵はそう判じればこそ、古の太刀の頑丈さと適度な長さを兼ね備えた、磨り上げ物を選んだのだ。

「いいお刀じゃないですか、半さん」

「礼を交わしておる最中《さなか》に喋《しゃべ》るでない……」

感心しきりの俊平を窘《たしな》めつつ、半蔵は上体を起こしていく。

横を向いて柄頭の左後方に立ち、かかとを着けて足先を拡げる。

両手の親指を、臍下《せいか》の両端に当てる。

そのまま蹲踞して両手の先を床に着け、横目で相手を見据える。

再び立ち上がり、腰を振らぬように足を運んで、三歩目で正面に向き直る。

床の刃引きを手にして立ち上がり、二人は同時に構えを取った。

俊平は車構《くるまがま》え。

刀身を体で隠し、右肩を前に出した姿は脇構えを思わせるが、切っ先を下げることなく刀身全体を水平にし、腰の高さに保っている。左足のみを撞木《しゅもく》――正面に対して横向きにするのも、後の世の剣道とは違っていた。

対する半蔵は下段の構え。

床に着きそうなほど切っ先を下げ、体も前傾ぎみになっている。

互いに間合いを詰め、まずは俊平が振りかぶる。

打ち込んでくるのに対して身を引くや、半蔵は車構えに変じる。

前に出ながら刃引きを振りかぶる姿は、静かな気迫に満ちていた。

殊更《ことさら》に声は上げない。

気組――うわべだけの勢いではなく、身の内から湧き上がる闘気を以て相手を圧することに重きが置かれる、天然理心流ならではの攻めであった。

刹那《せつな》、重たい一撃が俊平の刃引きを打つ。

次の瞬間、半蔵の切っ先は喉元《のどもと》に突きつけられていた。

これは最初に攻め込む打太刀《うちだち》と、反撃する仕太刀《しだち》の間に信頼があってこそ成り立つ稽古法。

日が暮れるまでは、まだ十分に時がある。

二人の稽古は打ち続く。

共に表情を変えることなく、淡々と体《たい》をさばく。

それでいて互いの打ち込みは鋭く、重たい。

斬れぬ刃引きを手にしていても真剣に、実戦さながらに立ち合っている。

半蔵と俊平が取り組んでいるのは、天然理心流の基本にして、極意とされる表太刀《おもてだち》の技である。

一本目の「序中剣《じょちゅうけん》」を皮切りに、五本の技を繰り返す。

剣術形は定められた手順に従って打ち合う、いわば約束稽古。

とはいえ、手元が狂えば無事では済まない。

まして、用いているのは刃引きなのだ。

木刀でさえ、当たれば怪我を負う。

拵えが本身と同じで、柄の菱巻に指を絡めることで手の内を締めやすく、打ち込む勢いも付きやすい刃引きとなれば、尚のこと危ない。

斬れぬ刀であっても、命に関わるのだ。

一瞬たりとも、気を乱してなどいられない。

しかし、心配は無用だった。

今や半蔵は俊平に対し、後ろめたさを感じていなかった。

たとえ矢部定謙が悪人であろうと、影の警固役は全うしなくてはならない。

迷っていてはいけないのだ。

自分が為すべきことは、矢部定謙の警固のみ。

それも、命じられた範囲を超えてまで動くつもりはない。

もしも定謙が御法に反する所業に及び、罪に問われてしまえば、影の警固役も何もあったものではないだろう。

半蔵に密命を下した梶野良材も、まさか公儀の裁定に逆らってまで助けよとは言うまい。

吉原遊郭での事件のように、個人の恨みで定謙を襲ってくる輩《やから》については撃退するつもりだが、御法の裁きが下ったときは何もするまい。

南町奉行を陥れるような真似をすれば、必ずや公儀は動くはず。

幕閣は速やかに事態を収拾し、名奉行の筒井政憲の立場を安堵《あんど》した上で定謙を仕置きすることだろう。

とりわけ老中首座の水野忠邦《みずのただくに》は厳しく対処し、かねてより不仲であるとの噂が絶えない定謙に対し、今度こそ引導を渡すに違いあるまい。

そうなってしまえば、自《おの》ずと半蔵も影御用から解放される。

そのときまでは婿入り先の笠井家を護るために、そして、妻とは違う一人の女との約束を守るためにも、励まねばなるまい。

半蔵の振るう刃引きに、一層の気迫が込められる。

受ける俊平も負けてはいなかった。

鍛え抜かれた肉体から湧き上がる気を乗せて、二条の刀身が交錯する。

重たい金属音を上げ、鎬《しのぎ》と鎬がぶつかり合う。

共に急《せ》いては仕掛けない。

性急に動かぬ代わりに間を置かず、一太刀一太刀を確実に、気迫を込めて打ち振うことを心がけている。

静かな、そして激しい気組だった。

窓越しに射す陽射しは強い。

初夏を思わせる一日も、程なく暮れようとしていた。

三

日が暮れる前に、半蔵は試衛館を後にした。

速やかに片付けを済ませて辞去し、向かった先は呉服橋。

俊平の職場である、北町奉行所のお膝元だ。

しかし、あの若い同心の姿は見えない。

稽古に付き合わせた礼に夕餉《ゆうげ》を振る舞いたいと誘ったところ、このぐらいで気を遣ってもらうには及ばないからと、早々に帰って行ったのだ。

八丁堀の組屋敷に戻るのならば、半蔵と同じ道のはずである。

(今頃は、勇んで新大橋を渡っておるのだろうよ……)

微笑む半蔵は、行き先に察しがついていた。

浜町河岸《はまちょうがし》の先にある新大橋を渡れば、宇野幸内の隠居所は目の前だ。

青葉庵《あおばあん》と名づけた隠居所の庭には桜の木が植わっており、居ながらにして花見ができるようになっている。昨年の今時分、政吉と共に訪ねた折は葉桜しか拝めなかったものだが、小さいながらも見事な枝ぶりだったのをよく覚えている。

（高田の奴、よほど宇野のご隠居に気に入られておるらしいな）

それでいいと半蔵は思う。

二十歳そこそこの後輩は、未だに独り身。

本郷の実家にはたまにしか戻らぬらしく、官舎の組屋敷に帰宅したところで誰も待ってくれているわけではない。

半蔵が同じ立場でも、やはり青葉庵に足を向けてばかりいるに違いない。

直参も陪臣も外泊するのは御法度《ごはっと》であるが、町奉行所勤めの同心は、身分の上は御家人であっても縛りがゆるい。

まして、宇野幸内は古巣の南町はもとより、その名を北町奉行所でも知られた吟味方の名与力。現役を退いた今も南北の町奉行の信頼は厚く、折に触れて事件の解決に手を貸してもいる。俊平が親しくするのを咎《とが》めるどころか喜び、北町の遠山景元に至っては自らも足を運んでは、幸内と歓談するのを楽しみにしているとのことだった。

すべては、昔なじみの政吉から聞いた話である。

その政吉にしても還暦でありながら独り身のため、しばしば足を運んでは酒食の馳《ち》走《そう》に与《あずか》っているという。

ちなみに幸内自身も妻女に病で先立たれ、後添えをもらわぬままでいる。

五十を過ぎた男の独り所帯であれば、誰も足繁く通いはしない。

青葉庵には若い女中が住み込んでおり、不意に客人が訪れても慌てることなく有り合わせの材料で結構な料理をこしらえ、振る舞ってくれるのが常だった。

憐《れん》という名前の女中は幸内が吟味方与力だった頃からの奉公人で、隠居した後も引き続き、身の回りの世話を焼いていた。

まさに理想の隠居暮らしだった。

そんな幸内のことを俊平は慕《した》い、憐には想いを寄せているらしい。

当人は何でもないと打ち消すばかりだが、かなり本気と見なしていい。

対する憐も、まんざらでもない様子だった。

（好いてもらえるうちが花だぞ、高田よ……）

急ぎ足で歩みを進めつつ、半蔵は胸の内でつぶやく。

このところ、佐和の気持ちが分からない。

先頃までと違って、少し優しくなってきたのはなぜなのか。

素直に喜べぬのは、十年来のきつい態度に慣れてしまっていればこそ。

一体、妻は何を考えているのか。

どうにも判じがたいことだった。

もとより、半蔵は影御用については一言も明かしていない。

本来ならば知り合うはずもない、大身旗本の矢部定謙と関わりを持った理由は事実と異なる形に話をすり替え、とりあえず取り繕《つくろ》っている。

だが、実のところは佐和も感づいているのではあるまいか。

確かめたい限りだったが、どう聞いたらいいのかが思いつかない。

半蔵は、宇野幸内のような吟味の玄人とは違う。

人の態度や言葉の裏側に何が隠されているのかをいち早く見抜き、巧みに探りを入れて本音を聞き出す真似など、できはしない。

とはいえ、こちらから打ち明けるのも考えものだった。

佐和が望むのは、半蔵が笠井家代々の勘定所勤めを全《まっと》うすることのみ。

一人前に算盤を扱えるようになってほしいと願い、非番のたびに算学書で勉強もさせている夫が、平勘定の役目には無用のはずの刀を手にして戦わされていると知れば、必ずや怒り出すはず。何も人斬りを命じられたわけではなく、あくまで助けるためとはいえ、影御用など認めるはずがない。

奉行の梶野良材に対しても、佐和は失望するだろう。

半蔵が平勘定として酷使されるのならば、まだ分かる。しかし、どうして本来の役目には必要のない刀を取らせ、しかも小普請支配の矢部定謙の警固役などを命じてきたのか。かつて勘定奉行を務めた人物とはいえ、今は何の関わりもないではないか。

これは代々の当主が勘定所の能吏《のうり》として活躍し、公儀に貢献してきた笠井家に対する、裏切り行為と言ってもいい。

笠井家ではそれほどまでの信頼を、梶野良材に寄せているのである。

良材が定員四名の勘定奉行の一人に任じられ、幕府の歳入と歳出に関する一切に携《たずさ》わる勝手方《かってかた》の役目を担ったのは昨年の九月からだが、六十九歳の今日までに御広《おひろ》敷番頭《しきばんがしら》、そして勘定吟味役と出世を重ねてきた身。

この勘定吟味役だった頃の良材に、佐和の父親は敬意を抱いていたのだ。

勘定吟味役は老中直属の役職。勘定奉行と配下の役人を厳しく監視し、不正や落度があれば容赦なく摘発する立場である。

いわば会計監査官として目を光らせていた良材も、現役の平勘定だった当時の笠井総右衛門《そうえもん》――当年六十歳になる佐和の父については、まったく非の打ちどころがないと見なしてくれていた。

対する総右衛門も良材の鋭さを認めていたが、監査する側とされる側の関係だけに必要以上には親しくせず、もちろん職場の内情を不用意に明かすような真似もしていなかったそうだが、良材が実に有能な勘定吟味役だったことは、半蔵も折に触れて聞かされていた。

そんな良材が影御用と称する密命を下し、婿に算盤よりも刀を使わせていると知れば、温厚な義父も黙ってはいまい。家付き娘の佐和ともども激怒し、勘定所にまで乗り込みかねない。

やはり、下手に明かさぬほうがいい。

今は黙って、自分にできることをやるしかない。

首を振り振り、半蔵は目当ての店の前に立った。

屋号は『笹《ささ》のや』。

板前が一人しかいない、ほんの小さな煮売屋だ。

にも拘わらず呉服橋界隈では人気が高く、朝から晩まで客足が絶えない。

北町奉行所の最寄りだからといって、勤めている同心や中間、小者《こもの》たちばかりが贔《ひい》屓《き》にしているわけではない。

通ってくる客のほとんどは、棒手振《ぼてふ》りの行商人や居職《いじょく》の職人、力仕事の人足といった面々である。

夜になれば酒も呑むが、体が資本《もとで》の人々だけに食べ物にはうるさい。

むろん高価なものなど頼めぬし、ゆっくり腰を落ち着けてはいられない朝や昼には、パッと食ってサッと店を出られる献立が望ましい。

そんな求めに『笹のや』は最適の一軒であった。

十坪ばかりの店の中は、今夜も混み合っている。

土間には飯台と腰掛け代わりの空き樽が整然と並べられ、満席であぶれた者は台の周りに立ち、箸を動かしたり升酒を啜《すす》ったりしている。

朝と違って行列ができるほどではないが、大した盛況ぶりである。

「いらっしゃい」

半蔵を迎えた女将《おかみ》は、愛嬌のある顔立ちだった。

丸顔で鼻が低くて黒目がちと来れば、往来ですれ違っても振り返るほどの別嬪《べっぴん》とは言いがたい。

歳は二十代の半ばと見受けられた。

女将にしては若いほうだが、二十歳前に嫁に行くのが当たり前だった天保の世では年増《としま》と見なされてしまう。

されど、雰囲気が冷たくて愛想も何もない娘よりは、十人並みでも常に笑顔でいてくれる年増女のほうが、むしろ華があるというもの。

それに、目鼻立ちが鄙《ひな》びていても体つきは違う。すらりとした柳腰は、木綿《もめん》物を着ていても良く映える。身の丈は五尺そこそこだが脚が長くて、胸と尻は適度に肉置《ししお》きも豊か。物腰は優雅であり、たたずまいに品がある。元はお座敷勤めだったのではないかと言われるほど、顔は十人並みでも小股の切れ上がった女っぷりだった。

この『笹のや』の人気の半分は安くて美味《うま》い料理、とりわけ朝の定食に供する日替わりの丼物が何でも一杯十六文であること、そして残り半分は親しみやすさと色っぽさを兼ね備えた、この女将が支えている。

そんな人気者はこのところ、無骨な小旗本──笠井半蔵にご執心であった。

荷物を提《さ》げて入ってきた半蔵に、今夜もいそいそと歩み寄る。

「まぁ旦那、ヤットゥのお稽古にいらしてたんですか?」

「左様……」

「それはお疲れでしょう。ささ、どうぞ」

女将は如才なく語りかけつつ、半蔵の荷物を持って階段を上っていく。

見かけによらず、力が強い。

防具と稽古着をひとまとめにしたのを軽々と抱えた女将に続き、半蔵は二階に姿を消した。

別に嬉しがるでもなく、淡々とした面持ちである。

見送る他の客たちにしてみれば、うらやましい限りであった。

女将は誰にでも笑顔と自然な色気を振り撒《ま》いてくれる反面、特定の客を手厚くもてなすことはしない。

しかし、半蔵にだけは妙に愛想がいい。

店の奥には小さいながらも座敷があり、女将を目当てに通ってくる小金持ちの連中にいつも占領されているが、そんな上客にさえ付きっきりで接待をするわけではなく、相席にさせることもしばしばだった。

それなのに、なぜ半蔵だけは二階に上げてやるのか。

小揚がりの座敷の客と同じく、料理と酒を運んだ後はほったらかしにしておくばかりとはいえ、この一月《ひとつき》ほどの間は、ほぼ毎晩二階を使わせていた。

本来は寝起きをする場所であり、客には使わせないはず。

なぜ、あの無骨な旗本だけは特別扱いなのか。

かねてより早朝には毎日の如く来てはいたが、どうして夜にまで欠かさず顔を見せるようになったのか。

店の客たちは、誰も理由を知らない。

委細を承知しているのは当の女将と、結構な二枚目なのに常に仏頂面《ぶっちょうづら》で板場に立っている、若い板前のみであった。

「ったく、やりにくいったらありゃしないよ」

二階に上がったとたん、女将の口調はがらりと変わった。

「こっちも道楽で商いをしているわけじゃないんだ。着替えぐらい、てめぇのお屋敷で済ませたらどうなんだい？」

「これ、声が大きいぞ」

対する半蔵の態度は、相変わらず素《そ》っ気《け》なかった。

のみならず、余裕まで漂わせている。

佐和と接するときとは違う、肝の据わった男らしさを感じさせた。

「おぬしこそ、素性が割れては困るであろう？」

「人を脅すもんじゃないよ、旦那」

睨《にら》み返しながらも、女将は弱気になっていた。

板敷きの床に放り出そうとした荷物を、そーっと下ろす。

そんな様を横目に、半蔵は言った。

「悪いことは申さぬ。引き続き、拙者を手伝うてもらうぞ」

「ふん、分かったよぉ」

面白くなさそうに女将は答える。

話しぶりだけでなく、表情も憎々しげなものになっていた。

いつも客に見せている、愛想の良さは偽りでしかないのだ。

駒《こま》、二十四歳。

半蔵が警固している矢部定謙を親の仇《かたき》と見なし、付け狙う立場である。

抱く恨みの根は深い。

事の発端は、彼女が生まれる前にさかのぼる。

お駒の亡き母親は、矢部邸に奉公していた腰元だった。

身の回りの世話をするために仕えていた女中に無体《むたい》を働き、子を孕《はら》ませた上で追い出したのは、他ならぬ定謙。

これでは実の父親とはいえ、恨まれても仕方あるまい。

だが、定謙は更に非情な仕打ちをした。

お駒の義父になってくれた男を、自ら斬り捨てたのだ。斯様な話だけを聞かされれば、矢部定謙がやったのは人として許されざる所業としか思えまい。

されど、半蔵は冷静に事を判じていた。

手を付けた腰元を側室に迎えることなく放逐したのは、たしかに良くない。半蔵自身もお駒と同様の生まれであり、村垣の祖父や近藤三助のような庇護《ひご》者に恵まれなかった彼女を気の毒にも思う。

しかし、義理の父親を亡き者にされたことについては、同情するわけにはいかなかった。

殺されたお駒の義父は夜嵐《よあらし》の鬼吉《おにきち》と異名を取る、盗賊一味の頭だったのだ。火付盗賊改の長官職に就いていた定謙は自ら一味と対決し、抵抗した鬼吉らを斬り伏せたのである。

夜嵐の鬼吉は江戸ばかりか上方《かみがた》まで荒らし回った、名うての盗賊。忍び込んだ先で血を流さぬことを誇りとし、まして女子どもを手にかけたりはしない、悪党ながら見上げた男であったが、大罪人には間違いない。生きたまま捕えられても、早々に死罪に処されていただろう。

それでもお駒が納得できずにいるのは、義父を殺された直後に母親が自害してしまったからだった。

定謙は自分の血を引く娘を引き取ってくれた義父を殺したばかりか、子どもを産ませた女人《にょにん》まで、死に追いやったのだ。

「いいかい旦那、これだけは覚えておくれよ」

半蔵の荷を開きながら、お駒は険《けわ》しい顔で告げる。

「あたしがお前さんに手を貸すのは、矢部の野郎を他の奴に殺《ばら》されちまったら元も子もないからだ。あいつと親子の名乗りなんざ上げたくもないんだから、そのつもりでいておくれな」

「承知しておる……余計なことは申さぬ故、安心せい」

答える半蔵の口調は落ち着いたもの。

板の間の隅に置かれた行李《こうり》の蓋を開け、取り出したのは黒染めの着物と袴《はかま》。

影の警固役を命じられたとき、梶野良材から下げ渡された装束である。

着物は筒袖で、袴は細身の野袴である。

武士が旅をするときに用いる野袴は裾が広がっておらず、後の世のスラックスのような仕立てになっているので動きやすい。

半蔵は『笹のや』の二階を、影御用のための根城にしているのだ。

こんな装束を屋敷に持ち帰れば、佐和に怪しまれる。

まして洗濯をさせたり、ほつれを繕《つくろ》ってもらうわけにはいかない。

その点、お駒ならば安心だった。

半蔵は初の影御用に出向いた夜、お駒が定謙を襲う現場に出くわした。

刃引きを振るって凶刃を阻《はば》み、定謙にも斬らせることなく連れて逃げた相手が若い女人《にょにん》、しかも贔屓の煮売屋の女将と知ったときには驚いたものだが、事情を理解した今は、余裕を持って付き合っている。

お駒は親の仇として、定謙を亡き者にしたいと望んでいる。

放っておけば、あきらめずに何度でも仕掛けてくるだろう。

そのたびに逃がすのも厄介であるし、下手をすれば定謙の手にかかってしまいかねない。

義父の亡き後に盗賊となっていたお駒は、女の身ながら腕が立つ。

とはいえ、定謙と再び立ち合えば無事では済むまい。

相手は、大人しく討たれてくれるタマではないのだ。

猛者揃いの御先手組から火盗改に抜擢《ばってき》されただけであって、五十歳を過ぎた今も剣の腕は衰えていない。酒を断って鍛え直せば、半蔵が警固をするまでもなく自分で身を護ることもできるだろう。

それに、血を分けた者同士での殺し合いなどさせたくはなかった。

ならば、いっそのこと離れずにいたほうがいい。

以前と変わらず店に出入りすると同時に二階を拝借し、屋敷には持ち帰れない装束を預けておけば、自然な形で監視できる。

お駒にしても世間に隠した正体を知られたくはない以上、意趣返しを阻止する敵だと分かっていても、協力せざるを得ないのだ。

そんな彼女が半蔵に突き付けた条件は、自分が本懐を遂げるまで、定謙を必ず護り抜くことだった。

もとより、半蔵に否やは無い。

この『笹のや』は、影御用をこなす上で何かと重宝だった。

お駒が復讐を果たすための根城として構えた二階屋は仕掛けがあり、天井から屋根に抜けることができるようになっている。

店の客たちに気づかれぬように抜け出し、影の警固役を終えた後は屋根伝いに戻って着替え、何食わぬ顔で帰宅すればいい。

店の客たちは特別扱いをされている半蔵に嫉妬をしても、無遠慮に二階を覗《のぞ》くことはしない。

階下ではお駒と身内同然の、若い板前が目を光らせてくれているからだ。

人目を避けての影御用には、打ってつけの根城と言えよう。

腹ごしらえが必要ならば二階にいつでも運んでもらえるし、駿河台の屋敷には持ち帰れない黒装束を保管するだけではなく、お駒は洗濯も繕いも済ませておくのが常だった。

黒装束を影御用で汚したときに限らず、出しておけば下着まで嫌がることなく洗ってくれる。すれっからしの莫連女《ばくれんおんな》のような素顔をしていながら、意外なほど行き届いているのだ。

乳母日傘《おんばひがさ》で育てられた佐和はもとより、笠井家に奉公している女中たちよりも遥《はる》かに妻女向けと言っていい。もちろん、武家も商家もそれなりに格式のある家では主婦が自ら家事をすることはないが、男としては世話を焼いてくれるお駒のほうが望ましいに違いない。

佐和に惚れ抜いている半蔵でさえ時折そう思うのだから、世の殿方たちは尚のことだろう。

そんなお駒にもひとつだけ、苦手なものがあった。

「あー、臭い臭い。腐った納豆のほうが、もうちっとマシだろうさ」

顔をしかめながら手にしているのは、試衛館で用いた稽古着。

鼻を片手で押さえ、見るからに嫌そうな様子だった。

文句があっても持ち込むなとまで言えないのは、半蔵が屋敷から抜け出すときの口実に、剣術の稽古に出かけると称しているのを分かっていればこそ。

勘定所勤めのある日は職場から『笹のや』に直行し、腹ごしらえを済ませた上で着替えて出て行くだけだが、非番の日は佐和への言い訳が欠かせない。

あの口うるさい奥方には一度会ったことがあるだけに、半蔵が稽古に行くのを理由にしなくてはならないのは重々承知していた。

それでも、この臭《にお》いばかりは慣れぬらしい。

「藍染《あいぞ》めが色落ちしやすいのは分かるけどさぁ、もうちっとマメに洗ったほうがいいんじゃないのかい、旦那」

「洗濯には及ばぬぞ」

黒装束を着込みながら、半蔵は微笑交じりに答える。

「常の如く、陰干しをしてくれるだけで良いのだ」

「だけどさぁ」

「おぬしも何かと忙《せわ》しき身であろう。手数をかけてはなるまいよ」

「あたしの手間だったら気にしなくていいからさ、洗っちまおうよ。ね？」

食い下がるお駒は、この臭いがよほど嫌いらしい。

たしかに、漂い出る独特の臭気は、慣れぬ者には耐えがたいだろう。

稽古を終えるたびに洗うことをせず、吊るしておいて乾かしたのを、繰り返し着用するのが当たり前だからである。

それにお駒が言ったとおり、藍染めの稽古着は色が落ちやすい。脱色を防ぐための手立てとして、使い始めのときに酢を混ぜたぬるま湯に漬けておいても、日々用いていれば自ずと褪《さ》める。たまに水を潜らせるとき、洗剤の灰汁《あく》を入れすぎぬように注意をしても干すときにしくじり、強い陽射しにうっかり当てれば一気に白くなってしまうので、女手に任せてはおけない。

「そのうちに手ずから洗うておく。辛抱してくれ」

「そのうちって、いつなんだい」

「次の非番の折だ。朝早《はよ》うに起きて、屋敷で済ませる」

「ほんとかい、旦那？」

「何であれ、おぬしたちに偽りは申さぬと約したであろう」

「そうだったね」

「されば、頼むぞ」

「はいはい」

「返事は一度でいい」

「はーい」

ぺろりと舌を出しつつ、お駒は衣紋掛《えもんか》けを出してくる。

可愛らしくも甲斐甲斐しい。

お駒には、佐和とは違った魅力がある。

やはり、彼女のためにも力を尽くしたいと半蔵は思う。

これも浮気心というものなのか。

(いかん、いかんぞ)

胸の内でつぶやきつつ、着替えを終えた半蔵は脇差を帯びる。

続いて、床に置いていた刃引きを取る。

壁際に置かれた簞笥《たんす》の上に乗り、天井の羽目板を押す。

人目を避ける出入り口として、日頃から手入れが行き届いているので、埃など落ちてはこない。

こういった配慮も、お駒は行き届いていた。

「しっかり頼むよ、旦那」

稽古着を壁際に吊るしていたお駒が、声を低めて呼びかける。

「矢部を他の奴にどうにかされたら、お前さんもタダじゃおかないからね」

潜めていても、力強い響きを帯びた願いの一声だった。

「承知」

半蔵は一言返すや、すっと姿を消す。

梁《はり》に手を掛け、両腕の力で体を引き上げたのだ。

刀は邪魔にならぬように、下緒《さげお》を用いて背負っている。

たくましい巨軀を機敏に動かし、半蔵は天井裏から屋根へと出る。

身の軽さは、在りし日の祖父に鍛えてもらって養ったものだ。

亡き定行は、御庭番を代々務めた村垣家の当主にふさわしい人物だった。

勘定吟味役に抜擢されたのを機に、松前奉行から作事奉行、さらには勘定奉行にまで破格の出世を果たしたのは、単に頭が切れたからだけではない。

諸大名の城下に人知れず潜入し、動向を探ってくる遠国御用を合わせて九度も成功させて認められ、出世の糸口をつかんだのだ。

老いても壮健だった祖父は折に触れて武州まで足を運び、戸吹村で暮らす半蔵に登《とう》術や飛《ひ》術、歩法《ほほう》と走法、隠形《おんぎょう》術や侵入術など、いざというときに役立つ忍びの技を手ほどきしてくれたものである。

定行は能吏《のうり》であるのみならず、優れた術者でもあったのだ。

とはいえ、御庭番の誰もが忍術の手練《てだれ》だったわけではない。

定行の場合は知力と体力を等しく備えていたが、太平の世の御庭番は、忍びの技になど秀でていなくても務まる役目。探索御用も人目に立たぬように行動することさえできれば遂行し得るのであり、戦国乱世の透破《すっぱ》や乱破《らっぱ》の如く、夜陰に乗じて敵の城を襲ったり、得物を打ち振るう強さは無用。

半蔵に影御用を命じる勘定奉行の梶野良材も、元はと言えば諸国探索で手柄を立てて出世を遂げた御庭番だが、武芸の腕は凡百の武士と大差がなかった。

刺客に襲われても自力では撃退できず、大塩平八郎《おおしおへいはちろう》門下の生き残りに吉原遊郭が占拠された事件の巻き添えを食い、あえなく人質にされてしまったことからも良材が当たり前の、六十九歳の老人でしかないのは明らかだった。

そんな良材も、古の先祖は精強の忍びである。

八代吉宗《よしむね》公が将軍の座に就いて早々に創設させた御庭番の内訳は、まだ吉宗が紀《き》州《しゅう》藩を治めていた当時から探索を命じ、重く用いた藩士たち。その祖先は戦国乱世の紀州忍群であり、梶野家と村垣家は共に紀州徳川《とくがわ》家の陪臣から直参旗本に取り立てられ、享保三年（一七一八）に御庭番を拝命している。

梶野家では廃《すた》れて久しい忍びの術も、村垣家には定行の代まで残っていた。

その秘技の数々を定行は後継ぎではなく、不遇な孫に伝えた。

半蔵は天然理心流のみならず、忍術まで学び修めた身なのである。

近藤三助と村垣定行。亡き達人たちから授かった技も、これまでは活かす折がなかった半蔵だが、今は違う。

影御用を命じられたことにより、持てる力を振るうことができているのだ。

悩ましい点はいろいろあるが、本領発揮の機が得られたのは素直に嬉しい。

自分の力が必要とされる以上、惜しまずに腕を振るうべきだろう。

黒装束に身を固め、刀を背負うたびに半蔵はそう思う。

しかし、迂闊《うかつ》な行動は禁物である。

佐和に気取《けど》られないのはもちろんのこと、お駒から不信の念を抱かれぬように心がけなくてはならなかった。

護る立場だからといって、血を分けた娘が意趣返しを企《たくら》んでいる事実を、矢部定謙の耳に入れるわけにもいかない。

そんな真似をすれば、今度は半蔵まで命を狙われる羽目になるのだ。

彼女は、一人きりで意趣返しを成し遂げようとしているのとは違う。

影のように付き従う、厄介な者がいるのである。

半蔵が屋根から表に抜け出し、店の裏に降り立つのを、その者は待っていた。

板場で黙々と包丁を振るっていた、若い板前だ。

この若者、得意なのは料理だけではない。

半蔵には及ばぬまでも身が軽く、短刀を持たせてもそれなりに遣える。

敵に回したくない若者は裏口の戸を閉め、ゆっくりと歩み寄ってくる。

身の丈は五尺二寸ばかり。頭ひとつ大きい半蔵を恐れもせず、形の良い顎《あご》を偉そうに上げている。

小柄な上に、体つきが際立ってたくましいわけでもない。

どちらかと言えば華奢《きゃしゃ》で色も白く、界隈の若い娘たちから色目を使われているだけあって、なかなかの二枚目である。

そんな若者が女賊のお駒と兄妹同然に育った仲とは、誰も思うまい。

梅吉《うめきち》、二十五歳。

この若者も、夜嵐の鬼吉一味の生き残りだった。

やはり父親を火盗改に殺され、矢部定謙を共に仇と狙う立場である。

「何ぞ用か、おぬし」

半蔵の呼びかけにも黙ったまま、梅吉は視線を向けてくる。

無言で睨み付ける眼光は鋭い。

頭ひとつ大きい上に体格もたくましい半蔵から見下ろされていながらも、微塵《みじん》も動じてはいなかった。

「忘れもんだぜ、サンピン」

低い声で呼びかけつつ、差し出したのは竹皮の包み。

結わえた隙間から、焼きむすびが覗いている。夕餉も摂《と》る暇もなく影御用へと赴《おもむ》く半蔵のために、弁当を用意しておいてくれたのだ。

「かたじけない」

礼を述べながら半蔵が包みを受け取ろうとするや、さっと梅吉は脇へ避《ど》く。

間を置かず口にしたのは、何とも生意気な一言。

「いいかサンピン、心得違《ちげ》えをするんじゃねぇぜ」

「何と申す？」

「俺がタダで飯をこしらえてやってんのはよ、ドジを踏んで命を助けてもらった礼ってだけのこったい。お前なんぞのことは、最初《はな》っから仲間だなんて思っちゃいねぇよ」

言葉こそ憎々しいが、投げかける口調はあくまで静かだった。

この梅吉は、もとより無口な質《たち》。

朝から晩まで忙しく働いていても、文句ひとつ言わない。意趣返しの隠れ蓑《みの》として営む『笹のや』の商いには、真面目に取り組んでいるのだ。

板場から出てくるのは二階の半蔵に食事の膳を運ぶときと、無遠慮な客がお駒にからんだのを、追い払うときぐらいのものである。

それでいて、時折こうして難癖をつけてくる。

何を考えているのか分からない。

そんな不気味さも、半蔵にしてみれば厄介だった。

こちらが敵と違うのは、矢部邸に忍び込んだ梅吉が家士に傷を負わされたのを助けたばかりか、お駒の危機も救ったことで分かっているはず。

にも拘わらず、とげとげしい態度を取らずにはいられないらしい。

年嵩《としかさ》としては挑発に乗ることなく、落ち着いて応じるべきだろう。

「ま、ま。今宵はこの辺りで勘弁せい」

穏やかに言葉を返しつつ、竹皮包みをさっと取る。

「おい、サンピン！」

「有難く頂戴しておくぞ」

慌てる梅吉に微笑み返し、半蔵は足早に歩き去る。

別に腹を立ててはいなかった。

口は悪いが、梅吉の料理は美味《うま》い。

夜食に持たせてくれる焼きむすびも、いつも楽しみなものだった。

塗る味噌には七色（唐辛子）などが混ぜ込んであり、火の通りも程良いので腹がもたれることもない。

威嚇《いかく》とも愚痴《ぐち》とも取れる言葉を浴びせられるぐらいは、大目に見ればいい。

（若い奴と付き合うのは難儀なことよ……）

懐《ふところ》に収めた竹皮包みをそっと撫で、半蔵はふっと苦笑する。

お駒と口論しながらも馴《な》れ合いつつあるのが面白くないのだろうが、梅吉が気を揉《も》むようなことは何も無い。

屋敷で朝の食事にありつけず、出仕前に『笹のや』へ立ち寄っては彼女の笑顔に癒《いや》されていたのも、もはや過去のことである。

つい先頃までは朝一番で癇癪《かんしゃく》を起こしていた佐和も、このところは別人の如く気を遣ってくれている。

妻女の役目として髭を剃《そ》るのも髷を結うのも以前ほど荒っぽくなくなり、朝餉の給仕も女中任せにすることがなくなっていた。

佐和もお駒も、それぞれに甲斐甲斐しいのだ。

そんな変化を嬉しく思えばこそ、影御用に張り合いも出る。

されど、女たちに気を許し過ぎてはなるまい。

佐和には密命を帯びていることを知られるわけにいかないし、お駒に関しては油断ができなかった。

お駒は自然に嘘がつける。

口は悪いが根は正直な佐和と違って、裏があるのだ。

店で振り撒く愛想が実は完全な芝居で、実は半蔵を含めた客たちのことを馬鹿にしていたと聞かされたときは、さすがに堪《こた》えた。

ともあれ、上手く付き合っていけばいいだろう。今のところは影御用の邪魔をせずに、二階の部屋を使わせてくれた上で、梅吉と共に世話を焼いてくれているのだから文句は言うまい。

宵闇の中、半蔵は粛々と歩みを進める。

背中の刃引きを下ろして、左腰に落とし込む。

身軽に動く必要があるときは背負ったほうが邪魔にならぬが、町中を歩くのにわざわざ目立つ格好をすることはない。

今はまだ、頰被《ほおかむ》りで面《おもて》を隠す必要もなかった。

浅黒い顔を昂然《こうぜん》と上げ、半蔵が赴く先は下谷《したや》の二長町《にちょうまち》。

例によって今宵も夜遊びに出かけるであろう矢部定謙に張り付いて、人知れず警固するのだ。

勘定所勤めが非番でも、影御用は休めない。

いつまで続くのかは定かでなかったが、必要とされる限りは力を尽くし、本領を発揮し続けたい。

それが笠井半蔵の、偽らざる本音であった。

四

半蔵が影の警固役に就いて一月の間、矢部左近衛将監定謙が夜間に取った行動はおおむね二種類に分けられた。

最も多いのは外出せずに、朝まで屋敷で過ごすこと。

吉原遊郭での一件から警備も厳しくなっているため、さすがの半蔵も屋敷内にまでは入り込めなかったが、逆に言えば安心できる。在宅中は子飼いの家士団に任せておけばいいからだ。

されど、まだ懲《こ》りたわけではないらしい。

二番目に目立つ行動は、吉原遊郭に出かけることだった。

一月前に命を落としかけたというのに困ったことだが、あの事件を機に吉原の大門を護る面番所《めんばんしょ》では警戒が強化され、不審者の立ち入りを徹底して防ぐようにしているので、半蔵がずっと張り付くには及ばない。供の家士に加えて、妓楼《ぎろう》が手配した腕利きの用心棒たちも常に待機しているので、事件に巻き込まれる恐れは無いと見なしていい。

しかし、その夜に定謙が取った行動は、半蔵にとって面倒なものだった。

護衛の者はもとより提灯《ちょうちん》持ちの中間も伴わず、一人きりで外出したのだ。

しかも駕籠《かご》を用いることなく、徒歩で屋敷を後にしたのである。

（妾の許《もと》へ参るのか……）

取り急ぎ後を尾《つ》けながら、半蔵はそう察しを付けていた。

矢部定謙は当年五十三歳。壮年を迎えても精悍《せいかん》な、堂々たる体付きの偉丈夫《いじょうふ》である。

頭巾から覗いた目は、ぎょろりと大きい。

このところ酒も煙草《たばこ》も控《ひか》えているらしく、以前ほど濁ってもいない。

腐っていなければ男らしい、魅力のある人物なのだ。

五十を過ぎたばかりとなれば、まだ老け込む歳ではない。

とはいえ、吉原通いをしながら妾まで囲うとは不自然なことだった。

正室の他に女を見初《みそ》め、子を生《な》すという所業そのものは武家においては不道徳な振る舞いとは見なされず、逆に美徳とされている。

父祖代々の家を絶やさず、家名を保つためには当主の血を引く男の子を、一人でも多く儲《もう》けておくのが望ましいからである。

後の世の倫理に照らせば感心されないことも、徳川の天下では常識。

子だくさんにも程があり、年明け早々に亡くなった家斉公のように、多すぎる若君と姫を諸大名家に縁付けるのに苦慮する始末では本末転倒だが、幼い嫡子に万が一のことがあった場合に備え、正室以外の女に産ませた庶子を養育するのは武家に欠かせぬ心がけなのだ。

しかし、定謙には敢《あ》えて妾を持つ理由が無い。

矢部の家督を継がせる嫡子は十分に育っており、今になって赤ん坊など儲けたところで、要らざる争いの火種になるだけのことだからだ。

そもそも、妾宅に足繁く通っているわけでもない。

一月前に影の警固役を始めて以来、まだ二度しか足を運んでいなかった。

解《げ》せないことであった。

おかしな言い方だが、形だけ囲っているようにしか見受けられないのだ。

後継ぎの予備として子を産ませるつもりならば、もっと頻繁に通うはず。

猪牙《ちょき》を仕立てて吉原に繰り出すほうが、遥かに多い。

住まいと手当を与えている妾だけ相手にしていれば一文もかからぬのに、何故に大枚の小判を費やしてまで、玄人女を求めるのだろうか。

自身は妾を囲いたいと考えたこともなく、昨今は古《いにしえ》の格式も何も残っていないと言われるばかりの吉原でなど、散財したいとも思わない。

そんな考えを持つ半蔵も、女人との交渉はそれなりに経験がある。

笠井家に婿入りする以前、多感な十代を武州で過ごしていた頃には奔放な村の娘たちと恋を語らい、佐和と一緒になってからも、些細《ささい》なことで癇癪を起こして同衾《どうきん》を拒むのがしばしばなのに耐えかねて、乏《とぼ》しい小遣いを貯《た》めて岡場所に出かけたものだが、近頃は足が遠のいて久しい。影御用を命じられ、昼も夜も多忙を極める以前からのことである。

妻以外とは、床を共にしたいとも思わない。

婿《むこ》の責任として、家名を絶やさぬためだけとは違う。

相手が佐和だから愛《いと》しいし、子も生したい。

されど、矢部定謙の考えは違うらしい。

正室を差し置いて囲った妾に格別の愛情を注いでいるわけでもなく、子どもが欲しくてたまらないとも見受けられない。

気配を殺して警固をしながら目にした妾宅での振る舞いと同様に、夜道を歩く姿も見るからに大儀そうだった。

つくづく解せないことである。

飽きが来ているのならば、暇《ひま》を出せばいい。

しかし、定謙は妾を手放そうとせずにいる。

どうして興味もないのに囲っておき、嫌々ながら足を運ぶ必要があるのか。

取り立てて美形とも思えぬ二十歳過ぎの女を、何のために掌中に置いておくのだろうか。

広い背中を見やりつつ、半蔵は疑念を抱かずにはいられない。

だが、それは余計な考えだった。

（いかん、いかん）

太い首を振り、半蔵は尾行を続ける。

大小の屋敷が密集する武家地を、定謙は緩慢《かんまん》な足取りで通り抜けていく。

頭巾で顔を隠していても不審とは見なされず、辻番所の前を通過するときにも足止めされることはなかった。

通りの角に設けられた小屋に詰め、昼夜の別を問わず警戒に当たる辻番も、誰彼構わず呼び止めるわけではない。

町人地の通行も、無問題である。夜四つ（午後十時）以降に町境を越えて通行するのを取り締まる木戸番も、大名や旗本の家紋入りの提灯を持っていれば何も言わずに、黙って通してくれるのが常だった。

まして、三つ頭《みつがしら》左巴《ひだりどもえ》は畏《おそ》れ多い。

火盗改あがりの猛者《もさ》であり、天下の老中首座である水野忠邦を敵に回して堂々と構える矢部左近衛将監定謙の紋所となれば、たとえ提灯を手にしているのが誰であろうと、文句など付けられはしないのだ。

のろい足取りながらも悠然と、定謙は肩をそびやかして歩みを進める。

その姿を見失うことなく、半蔵は後を尾けていく。

こちらは堂々と路上を歩くわけにはいかないため、身の軽さを生かして屋根の上を駆けながらの尾行だった。

呉服橋から下谷に来るまでは左腰に帯びていた刃引きを再び背負い、屋根から屋根へ飛び移る、半蔵の体さばきは軽やかそのもの。

行き先がどこであろうとも、果たす役目は変わらない。

定謙が何をしていようと、構うには及ばない。

影御用を命じた梶野良材から、半蔵は斯様に因果を含められていた。

さらに基本の心構えとして指示されたのは、次の三点。

一、報酬は日に一分ずつ、報告と引き換えに日当として与えるものとする
一、あくまで気付かれぬように振る舞うべし
一、屋敷を見廻るのは日に二度、早朝と夜間のみで構わない

以上の点を踏まえて、半蔵は影の警固役に就いたのだ。

出世欲の強い定謙が南町奉行の座を狙い、不穏な動きを示したところで、自分は阻止する立場とは違う。

命じられたのは、あの偉丈夫の命を護り抜くことのみ。

襲撃を仕掛けてくる者がいれば、速攻で蹴散《けち》らさねばならなかった。

そう割り切っている半蔵にも、願わくば相手取りたくない者がいた。

(早まってくれるなよ、高田……)

案じられる相手とは、あの高田俊平のことである。

俊平が仕える北町奉行の遠山景元は、南町奉行の筒井伊賀守政憲を陥《おとしい》れて後釜に座ろうと目論《もくろ》む、矢部定謙の計画を阻止するべく奮闘している。

伝え聞く限り、今のところは穏健な策しか講じていない。

政憲と手を携《たずさ》え、江戸の司法と町政を束ねる上でしくじりをせぬように配慮を怠《おこた》ら

ぬ一方で、幕閣の老中たちに注意を促《うなが》してもいるとのことだった。

しかし、南北の町奉行の旗色は悪い。

目付《めつけ》の鳥居耀蔵《とりいようぞう》が、定謙に肩入れしているのだ。

辣腕《らつわん》の目付は自他共に認める、老中首座の懐刀《ふところがたな》。

耀蔵は定謙を次の南町奉行に推すと同時に、現職の政憲にはさりげなく勇退を促している という。

やはり水野忠邦の腹心の一人である、梶野良材が教えてくれたことだった。

かねてより定謙を「気の毒」で「かわいそうな」男と見なしており、影の警固役に半蔵を付けた良材は、耀蔵と同じ意見らしい。

名奉行と呼ばれた筒井政憲も、今や還暦を過ぎた身。

そろそろ身を引き、後進に道を譲るべきではないか。

もっともな意見を、発言権のある二人が唱えれば、自ずと説得力もある。

老中首座の信頼も厚い目付と勘定奉行が同調しては、町奉行たちの敗色は濃厚と言わざるを得まい。

このままでは万策尽きて、強攻策に打って出る可能性もある。

定謙さえ亡き者にしてしまえば、奉行が交代する話も白紙となるからだ。

良材は斯様に見なし、半蔵に影の警固役を怠らぬように念を押している。

とはいえ、景元が自ら乗り出すとは考えがたい。

若い頃に金四郎《きんしろう》と名乗り、喧嘩三昧《けんかざんまい》の暮らしを送っていた暴れん坊も、現在は良識ある町奉行の立場。悪党相手の取り調べで強面《こわもて》ぶりを発揮しても、自ら矢部邸に殴り込むような無茶はするまい。

となれば若くて腕利きの俊平に白羽の矢を立て、差し向けてくるのではないかと考えられるのだ。

宇野幸内のことも、半蔵は警戒していた。

俊平が私淑する幸内は、南町奉行所の吟味方与力だった男。同じ南町で共に名与力と謳《うた》われた、仁杉五郎左衛門《ひとすぎごろうざえもん》との絆も強い。

かつて仕えた奉行を護るため、あの男が立ち上がれば手強《てごわ》い。

幸内は柳生新陰流《やぎゅうしんかげ》と並ぶ将軍家御流儀《おりゅうぎ》、小野派一刀流《おのはいっとう》の使い手だ。その強さは俊平はもとより、半蔵とて及ぶところではない。立ち合えば十中八九、勝ち目は無いだろう。

願わくば、刃を交えたくないものである。

御用となれば命を懸けるのは当然だが、死にたくはない。

愛する佐和と円満な家庭を築くこともできないままでは、悔いも残る。

それに、あの二人を斬りたくもなかった。

若い俊平には生を全うしてほしいし、幸内にも楽隠居でいてもらいたい。

憐や政吉といった、周りの人々も悲しませたくはなかった。

(南無……)

出くわさぬことを胸の内で祈りつつ、半蔵は次の屋根へと飛び移る。

しかし、迷いを覚えていれば体さばきは自ずと鈍る。

「く！」

半蔵の口から呻《うめ》きが漏れた。

爪先が空を切り、足場を失ったのである。

四肢を強張《こわば》らせることなく、とっさに着地の体勢に入ったのは、少年の頃から剣術修行と併せて鍛錬を重ねてきた、飛術の心得があればこそ。

両足の裏が地に触れるのと同時に、拡げた手のひらを地面につく。

背負った刀の位置をずらし、鞘の鐺《こじり》を路上に当てることで、着地の衝撃を分散させるのも忘れていない。

それにしても、思わぬ失態だった。

（気取られたか）

焦りを隠せぬ表情のまま、半蔵は前方を見やる。

刹那《せつな》、凜とした瞳が見開かれた。

定謙が足を止めている。

辻番所が設けられていない、大名屋敷の長い塀が続く一画である。

行く手に立ちはだかっていたのは、頰被りをした浪人体《てい》の男。

すでに抜き身を構えている。

問答無用で、斬る気なのだ。

対する定謙も鞘を払い、刀を中段に取っていた。

「儂《わし》が矢部左近衛将監と知っての狼藉《ろうぜき》か、うぬ！」

言い放つ語気は鋭い。

御先手鉄砲頭から火盗改に登用された若き日の強さは、五十三歳になった今も失われてはいない。

出世欲に駆られて姦計《かんけい》を巡らせてはいても、定謙はひとかどの剣客なのだ。

しかし、襲撃者はまだ若い。

六尺手ぬぐいで隠した顔は定かでないが、はみ出した頭髪は黒々している。

浪人の常として月代《さかやき》を剃らず、伸びるに任せているのだ。

髪に脂っ気が無いのは、貧乏暮らしで碌《ろく》に食えていないせいだろう。

体も痩せており、洗い晒《さら》した木綿《もめん》の袷《あわせ》と袴がだぶついていた。

それでいて、刀を構えた姿は力強い。

「如何《いか》なる遺恨じゃ。申せ!」

「…………」

威嚇を込めた定謙の問いかけに答えることなく、無言で間合いを詰めていく。

「うぬっ」

苛立《いらだ》ちの声を上げ、先に仕掛けたのは定謙だった。

宵闇の中、激しい金属音が響き渡る。

(鳥居之太刀《とりいのたち》……か?)

戦いの場に向かって駆けながら、半蔵が驚いたのも無理はない。

定謙の一刀を阻止したのは、天然理心流の技に見られる防御法。

横一文字に掲《かか》げた刀身に左手を添え、柄を握った右手と共に支えた形が鳥居を思わせる術は、表太刀の四本目『手鏡剣《てかがみけん》』に含まれている。

浪人は左手に力を込め、合わせた刀身をじりじりと押し下げていく。

このまま定謙の体勢を崩し、持ちこたえられなくなった瞬間に、返す刀で突き倒すつもりなのだ。

「う……ぬ……」

頭巾の下から漏れ出る、定謙の呻き声は弱々しい。存分に刀勢を乗せた一撃を封じられた上で追い込まれては、焦りを覚えるのも無理はなかった。

もはや、姿を晒すのを躊躇してはいられなかった。

半蔵は疾駆しながら左肩に両手を伸ばし、柄を握る。

背中の一振りを担ぐような体勢を取ったのだ。

背負うのに用いた下緒がぴんと張った刹那、鯉口《こいぐち》が切れた。

二尺二寸の刀身が、一気に黒鞘からほとばしり出る。

定謙が耐えきれず、上体を前にのめらせたのは、半蔵が近間に駆け入ったのとまったくの同時だった。

浪人の刀身が一直線に走る。

みぞおちを狙った突きが決まる寸前、重たい打ち込みが振り下ろされた。

峰を目がけた一撃を浴びせられて、浪人の刀は大きく沈む。

「お下がりくだされ！」

動けずにいた定謙に一声告げて、半蔵は刃引きを構え直す。

浪人も速やかに体勢を立て直していた。

両手で柄を握り、拳の間を離している。

左手は、柄頭が隠れるほどに握り込んでいた。

これも天然理心流に見られる、独特の手の内。

やはり、半蔵と同じ流派の剣を学び修めた身なのである。

「おぬし、天然理心流だな?」

「……されば、何とする」

「同門の士を手にかけとうはない。退《ひ》いてくれ」

「そんな虚仮威《こけおど》しの刃引きでやれるものならば、やってみろ!」

答える声は猛々《たけだけ》しい。

頬被りの下から覗いた目も、ぎらついていた。

見覚えのある双眸《そうぼう》だった。

顔形までは見て取れずとも、この目を見れば察しは付く。

以前に一度、試衛館で竹刀を交えたことのある若者だった。

道場破りなど、自分が打ち負かしてみせる。

門外漢にいちいち頼るのは恥。

先代様の教えを受けた者であろうと、我が道場に出入りはさせない。

例によって助っ人に駆り出されたとき、俊平が止めるのも聞かずに、そう言い放って挑んできた、若い浪人に違いなかった。

「浪岡《なみおか》……か？」

驚く半蔵に、鋭い突きが迫り来る。

答えの代わりに返されたのは、問答無用の一撃であった。

「く！」

飛び退《すさ》った半蔵の黒装束が裂け、糸屑が弾ける。

刀身を傾げて繰り出した突きが、着物を斬り裂いたのだ。

浪岡と呼ばれた若い浪人は、今や半蔵を倒すことしか考えていない。

試衛館に乗り込んできた道場破りそっちのけで竹刀を取り、勝負を挑んできたときと同じだった。

頬被りを取って正体を明かしたところで、意味はあるまい。

あのときと同様に、腕ずくで分からせてやるより他に無い。

眦《まなじり》を決し、半蔵は刃引きを平晴眼《ひらせいがん》に構える。

浪岡も同じ構えを取っていた。

互いの切っ先を左目に向け、間合いを詰めていく半蔵の表情は険しい。

思わぬ因縁《いんねん》の相手に影御用の邪魔をされながら、もはや動じてはいない。

立ち合うことになった以上は、相手が誰であろうと後れを取ってはならぬ。

たとえ年来の友が敵に回ろうとも、制することのみを考えよ。

斯様な気組で臨まねば真剣勝負に限らず、何事にも生き残れない。

強くなれ。

不遇な境涯に甘んじることなく、己の信ずるところを貫くために、ひたすらに腕を磨き抜け。

それが亡き師、近藤三助の教えである。

半蔵は強くなくてはならないのだ。

愛する佐和のために、笠井の家名を護り抜く。

そのためには、影御用を全うしなくてはなるまい。

定謙の命を狙う者は、誰であろうと打ち倒す。

「ヤッ!」

裂帛《れっぱく》の気合いを上げて、半蔵は打ちかかる。

「鋭っ！」

応じて、浪岡も斬りかかった。

宵闇の中、金属音が響き渡る。

待つのは生か、それとも死か。

今はただ、己の鍛えた腕と気組を以て、戦い抜くのみであった。

第三章　佞臣《ねいしん》の素顔

一

鋭い斬り付けが続けざまに迫り来る。

負けじと振るった半蔵の刃引きが、一撃の下に弾き返された。

（こやつ……）

若者の猛攻を、半蔵は防ぎかねていた。

一月に亘《わた》る影御用の日々で、はじめて遭遇した刺客だった。

良材ともども定謙が人質にされてしまった、吉原での籠城《ろうじょう》事件を解決したのは影御用とは別であるし、お駒と梅吉は厳密には刺客ではない。

だが、この若い浪人は違う。

定謙の命を狙って出現した最初の敵にして、思った以上の強者であった。

しかも面識のある相手とは、何という巡り合わせであろうか。

浪岡晋助《しんすけ》は当年二十一歳。

歳は高田俊平の一つ下だが、試衛館では並び立つ存在である。

腕の程も、ほぼ同じはずだった。

だが、今宵の晋助は違う。

互角なはずの俊平を上回り、半蔵をも圧倒する勢いで刀を振るっている。

一年ほど前に竹刀を交えたときよりも、気迫が段違いに凄《すさ》まじい。

俊平ら同門の仲間たちが、そして師匠の近藤周助が見守る中で打ち負かされた悔しさを糧《かて》に、よほど稽古を重ねたのだろう。

とはいえ、昔のままの心構えでは、ここまで強くなるはずもない。

稽古の量を積めば積むほど、技量が磨かれるのは半蔵も承知の上。

しかし、気迫は必ずしも比例しない。

どれほど道場に足繁く通っていても、心構えができていなければ、単純に体が鍛えられるだけのことである。計算が苦手な半蔵にも、即答できることだ。

一年前の晋助は、才能があっても心根が未熟な若者の典型だった。

半蔵に挑んで散々に打ちのめされたのも、驕《おご》りが災《わざわ》いしてのことである。

試衛館に顔を出すのは非番の日のみ、それも他の門人が引き上げた午後にしか姿を見せないのは実は腕の程に自信がなく、自分たちとは木刀はもとより竹刀も交える自信が無いからだと見なしていたのだ。

そんな意気地《いくじ》なしに助っ人を頼み、道場破りの相手をしてもらうなど試衛館の恥というもの。自分が師匠に成り替わり、懲らしめてやる。

ここまで言われては、さすがに半蔵も腹が立った。

若い者を痛め付けるのは好むところではなかったが、驕り高ぶっていて聞く耳を持たぬとなれば、お仕置きをせざるを得まい。

半蔵は足腰が立たなくなるまで晋助を叩きのめし、待たせておいた道場破りは恐れをなして、立ち合うことなく逃げ出したものであった。

だが、今宵はこちらが退散したい気分にさせられている。

この一年の間、晋助はよほど性根を入れ替えて修行に励んできたらしい。

振るう剣からは、強い意気込みが感じられた。

矢部定謙を倒さずにはいられない。

自分には、そうするだけの理由がある。

どうあっても、仕留めたい。
あくまで行く手を阻むつもりならば、半蔵も斬って倒す。
同じ流派の剣の使い手であろうとも、容赦はしない。
言葉にはしなくても、ひりつくほどの気迫がそう語っている。
されど、警固役を投げ出すわけにはいかない。
定謙は塀際に立ったまま、二人の戦いを無言で見守っていた。
「お逃げくだされ、左近衛将監様っ」
肩越しにそう告げても、立ち去ろうとせずにいる。
まさか、足がすくんで動けぬのか。
そうだとしても、今の半蔵に肩を貸す余裕は皆無。
晋助が休むことなく、執拗《しつよう》に攻めかかってくるからだ。
ぎらつく双眸は、後方の定謙にも向けられていた。
しかし、半蔵が奮戦している限りはどうにもならない。
「退け！　退かぬか!!」
語気も鋭く刀を振るい、晋助はじりじり間合いを詰めてくる。
半蔵は防戦一方になっていた。

とはいえ、完全に劣勢というわけでもない。

攻守一致の戦法で、対抗していたのである。

刀勢が乗った斬り付けを『鳥居之太刀』で受け止め、こちらの突きをかわして再び打ちかかるのを受け流す。

傾《かし》げた刀身の側面で斬撃を受け、押し返すのではなく磨《す》り落とすことによって敵をよろめかせた隙を突き、反動で撥《は》ね上がった刀を打ち込む受け流しは、天然理心流で切紙、目録に続いて伝授される中極意に含まれる、居合の技法とされている。目録はもとより切紙さえ授かっていない半蔵だが、技そのものは亡き近藤三助と二人の高弟――松崎正作と増田蔵六から密《ひそ》かに学んでいた。

武州時代の半蔵を知らない晋助にしてみれば、なぜ三代宗家の正式な弟子には非ざる半蔵が、中極意の技を遣えるのかが解せぬことだろう。

たとえ問われたところで、亡き二代宗家とその高弟たちから教わったと進んで明かすわけにはいかない。

あくまで例外として、授かった技だからである。

生家のみならず剣の一門においても、半蔵は曖昧《あいまい》な存在なのだ。

村垣家の血を引いてはいても正式な息子ではなく、天然理心流の三術を学んでいながら、免許を得ているわけでもない。

どこに行っても、自分は常に例外の立場に置かれている。

やりきれないことだが、半蔵はそんな立場に救われていた。

攻めかかる気迫はともかく、技量はこちらが上をいっている。

とりわけ防御においては、まだ晋助が及ぶところではなかった。

天然理心流の受け流しは、中極意の稽古として行われる『流合《ながしあい》』で刀さばきと体さばきを鍛えて基礎を学び、修行を深めることで会得《えとく》される。

半蔵の防御の壁を、晋助はなかなか破れずにいた。

このままでは定謙を闇討ちにする前に、我が身が危うい。

その定謙はと見れば、刀を右手に提げたまま、じっと動かずにいる。

影の警固役と名乗ったわけでもない半蔵の存在など意に介さず、割って入って一刀を振るえば、晋助を返り討ちにしてしまうことも容易《たやす》かったはず。

しかし、定謙は遺恨を断とうとしなかった。

命を狙う若者を斬らぬ代わりに、半蔵を援護しようともせずにいた。

むろん、当の半蔵には助太刀を求める気など無い。

いつまでも立ち止まったままでいないで、早いところ逃げてほしい。

そう願っているのに、どうしたというのか。

町奉行の座を狙う野心家ならば、せいぜい命を大事にすればいいではないか。

半蔵は疑問より先に、苛立ちを覚えていた。

仮にも同じ流派の剣を学んだ同士、動機がよほどのことであるのならば晋助に目的を遂げさせてやりたい。

もしも影の警固役など命じられておらず、この場にたまたま来合わせただけの立場だったのであれば、定謙を見殺しにできたはず。

されど、半蔵は影御用を奉じる身。

護る対象が人から遺恨を買ってばかりの者でも、護り抜くしかない。

そうしなければ、笠井家が危うくなるのだ。

自分の命も惜しいが、何よりも妻を悲しませたくはなかった。

定謙に逃げ切ってもらうか。

それとも、晋助を退散させるか。

二人を共に生かした上で、今宵の影御用を全うしたことにする方法は、どちらかしかなかった。

「早う！　お逃げなされっ」

半蔵は肩越しに再び言い放つ。

しかし、背後に立つ定謙から答えは返ってこない。

舌打ちをしたい気分になりながら、今度は前方に向かって怒鳴りつける。

「おぬしもだ！　いいかげんに立ち去らぬか!!」

やはり、望ましい答えは得られなかった。

晋助も荒い息を吐きながら、無言のままで刀を振るっていた。

どちらも退く気は無いらしい。

（いい加減にしろ）

半蔵の焦りは募るばかり。

だが、戦いの最中に余計なことなど考えるべきではない。

激しい金属音と共に、手にした刃引きが弾け飛ぶ。

打ち折られたわけではない。

焦りを覚えたのが災いし、晋助の一撃を受け流しきれずに、不覚にも手の内が緩んでしまったのだ。

刀身そのものは頑丈でも、振るう者に隙が生じてはどうにもならない。

今は悔むより先に、次の行動を取らねばならない。

「む！」

ぶわっと半蔵は飛び退《すさ》った。

背後の定謙の間近に降り立つや、両の腕を拡げる。

己自身を盾にして、敵の刃から護ろうとしたのだ。

すぐに拾えぬ場所に得物を弾き飛ばされてしまった以上、こうするしかないと速攻で判じ、行動を取ったのだ。

と、右の手に何かが押し付けられる。

「使うが良い……」

耳元で告げる定謙の声は、落ち着いたものだった。

無言でうなずき、半蔵は柄に左手を添える。

斬り付けてきた晋助の一撃を受け流しざまに、ぶんと刀を振り下ろす。

すぱりと断たれたのは、左腰から突き出た鞘尻。

持ち主の身なりと同様にみすぼらしく、塗りが剝《は》げた鞘だった。

「これまでだ。二の太刀は、骨を断つぞ」

告げる半蔵の口調は、手にした本身と同様に鋭い。

「お、おのれ……」

悔しげに呻く晋助は刀を取り落とし、路上に片膝をついている。
吐く息は荒く、一気に疲労が出た様子だった。
半蔵も等しく疲れ切っていたが、気は抜けない。
晋助は、まだ降参したわけではないのだ。
鼻から息を継ぎ、口調を乱すことなく呼びかける。
「差料を早う拾うて、去るがいい」
「え……？」
思わぬ言葉を告げられ、晋助は驚きの声を上げる。
どうして斬られずにいるのか、訳が分からぬ様子だった。
命を狙って仕損じた以上、返り討ちにされる覚悟はできていたのだろう。
それでも、半蔵は二の太刀を振り下ろさなかった。
背後の定謙から斬れと命じられても、言うとおりにするつもりはない。
相手が誰であろうと、進んで手にかけたいとは思わなかった。
そうでなければ、最初から刃引きを用意しようとは考えない。
半蔵は、誰も死なせたくはなかった。
甘いと思われようと、臆病者呼ばわりをされようと、人の命は奪うまい。

影御用を始めて一月の間に、心に決めていたのだ。

これまでにも、半蔵は人を斬ったことがない。

なればこそ、梶野良材を刺客から護ったときに苦戦を余儀なくされ、本身を手にして戦わざるを得ない状況の下で、二重の緊張を強いられたのだ。

その点、刃引きならば殺さずに、倒すことのみに専念できる。

相手が手強《てごわ》ければ、今し方までのように追い込まれ、こちらが危うくもなってしまうが、何とか切り抜けていくしかあるまい。

半蔵は親になったとき、わが子を血濡らせた手で抱きたくはないのだ。

佐和についても同様だった。

斬人剣《ざんじんけん》の手の内を作る指で、愛する妻に触れるわけにはいくまい。

そんな考えを持つ半蔵と出くわして、晋助は運が良かったと言えよう。

他の護衛と斬り合って後れを取れば、今頃は命が無かったはず。

ともあれ、今は大人しく退散してくれれば、それでいい。

晋助がよろめきながら歩き出す。

左腰から鞘を抜き、拾い上げた刀を納める。

頬被りを外し、半蔵に断たれた鞘尻に手ぬぐいを巻き付ける。

こちらに背中を向けているので表情までは見て取れないが、追いかけて無念の形相を覗き込むには及ぶまい。

半蔵は、あの若者を制したのだ。

敗者を辱《はずかし》めるなど、勝者の為すべきことではない。

再び挑んで来なければ、それでいい。

ずっと黙ったままでいた定謙も、同じ考えであるらしかった。

「お返しいたしまする」

半蔵が両手を添えて差し出す刀を受け取り、鞘に納める間も黙していた。

そんな定謙が声を発したのは、半蔵が去ろうとした刹那。

「されば、御免」

「ま、待て！」

南町奉行を失脚させ、後釜に座ろうと目論む奸佞《かんねい》らしからぬ、すがるような声の響きだった。

「そのほうは、儂を護ってくれておった者であろう？　たしか、笠井半蔵と申すのであったな」

「……………」

「委細は梶野土佐守様より伺《うかご》うておる。雑作《ぞうさ》をかけたの」

思いがけない指摘、そして労《ねぎら》いの言葉だった。

だが、半蔵の顔に感動の色はない。

背を向けたまま、淡々と言《げん》を返したのみであった。

「今宵は疾《と》くお帰りなされませ、左近衛将監様」

「何と申すか、そのほう」

「申し訳なきことなれど、面を晒せし上は御用を続けられませぬ」

「されば、向後は警固をしてはもらえぬのか？」

「御免」

訳が分からぬ、そして不安げな定謙にもはや構わず、半蔵は刃引きを拾う。

鞘も晋助との戦いの最中に下緒を断たれ、取り落としてしまっていた。

刃引きに続いて鞘を拾い上げると、上からかぶせるように納刀する。

背負えぬとなれば、帯びていくしかない。

脇差の下緒を解いて用いたところで、短すぎて役には立つまい。

辻番や木戸番に見咎《みとが》められぬように、屋根伝いに呉服橋の『笹のや』まで戻る上で邪魔となるが、致し方ないだろう。

溜め息をつきながら、半蔵は刃引きを帯びようとする。

そこに、ぬっと太い腕が伸びてきた。

大きな手のひらに、束ねた下緒が載っている。

正絹の糸を用いた、安かろうはずのない組み紐だった。

「使え」

素っ気なく告げる定謙の刀には、下緒が見当たらない。

無いといえば、家紋入りの提灯も同じだった。

晋助に襲われて路上に落としたまま、とっくに燃え尽きてしまっていた。

「案ずるには及ばぬ。そのほうも、早う戻りて休め」

そう言って、定謙が歩き出した方向は、屋敷のある二長町。

今宵は妾宅に足を向けずに、大人しく帰ってくれるらしい。

半蔵の勧めを、聞き入れてくれたのだ。

警固をする者がいなくなっては困るので、引き上げる気になっただけなのかもしれない。高価な下緒を寄越したのも、単なる気まぐれなのかもしれない。

だとしても、半蔵にしてみれば意外な反応だった。

大坂西町奉行だった頃に交友した大塩平八郎に「奸佞」と断じられ、その言葉どおりと見なさざるを得ないはずだった悪旗本が、取るに足らない百五十俵取りの平勘定と承知していながら、謝意を示したのだ。

自分には、こんなものを受け取る資格は無い。

半蔵は、自分の都合で影御用を務めただけのこと。

笠井家と佐和のために命じられた役目を果たし、お駒のために定謙を死なせるまいと頑張ってきたのだ。

あの男のことを心から護りたいと思い、警固をしてきたのとは違うのだ。

「左近衛将監……様……」

半蔵は夜道に立ったまま、去り行く背中を見送る。

広い背中は、どこか寂しげにも見える。

驚くと同時に、後ろめたさを覚えずにはいられぬ半蔵であった。

二

駿河台の笠井家では、佐和が床に入ったところだった。

横になっているのは、いつもの別室とは違う。

半蔵の座敷に布団を敷かせ、湯上がりの体を仰臥《ぎょうが》させていた。

「何をしておいでなのですか、お前さま……」

憂《うれ》いを帯びた口調がなまめかしい。

寝化粧を整えた顔も、生来の美貌を際立たせていた。

家付き娘とはいえ、妻が夫より先に休むのは、無礼な振る舞いである。

まして、呼ばれてもいないのに寝所に足を運ぶとは、はしたないと見なされても仕方あるまい。

されど、今宵の佐和はそうせずにはいられなかった。

長らく別々にしていた床を、共にするつもりなのである。

このまま冷たく接していると、夫が遠くに行ってしまうのではないか。

そんな不安を覚えたのである。

佐和とて、好きこのんで十年も偉そうに振る舞ってきたわけではない。

半蔵のためを思えばこそ、叱責せずにはいられなかったのだ。

夫が数字に弱いのは、婿入りしてきた当初から分かっていた。

今日の午前中にやっていたように『塵劫記』を用いて、新婚早々に算学の問題を解かせたところ算盤の扱いは甚《はなは》だ拙《つたな》く、商家の丁稚《でっち》どころか、手習い塾に通いたての子どものようなものだった。

この十年のうちに扱いだけは慣れてきたものの、計算を応用する頭はなかなか磨《みが》かれない。

繰り返し取り組んだはずの問題を暗記するどころか、何遍やらせても楽に解答を出すことには至らないのだ。

本当はそこまで鍛えなくてもいいのである。

非番の半日を取り上げて『塵劫記』の問題になど取り組ませなくても、勘定所での御用が何とか務まるであろうことは、佐和も承知していた。

百五十俵取りの笠井家が代々務める平勘定は、勝手方の勘定奉行の下役として働く立場である。

隠居した父の如く優秀であれば重要な役目も任されるが、半蔵のような不器用者は日がな一日、算盤を弾かされるのみだった。

当人がそれでも良ければ、一応は俸禄《ほうろく》を授かることができる。

遅くても確実に算盤を弾き、加減乗除の単純計算を間違うことなく毎日続ける根気さえあれば、何とかやっていけるのだ。

むろん、勘定所は集計作業をするためだけの機関とは違う。

笠井家の当主が代々出仕してきた下《しも》勘定所は、大手御門内にある。

勝手方の勘定奉行は江戸城中の上《かみ》勘定所と行き来するのに忙しく、実務は勘定組《くみ》頭《がしら》の旗本十四名、および平勘定の旗本と支配勘定の御家人、それぞれ百名前後に任されている。

そんな勘定所勤めの役人たちの存在を、他の旗本や御家人は軽んじていた。

仮にも直参の身で算勘《さんかん》を役目とし、商人さながらに算盤をパチパチ弾くことで御禄にありつくとは情けなき限り。弓馬《きゅうば》刀槍《とうそう》の術が表芸の武士に有るまじき穀潰《ごくつぶ》しめと、悪《あ》しざまに言う者も少なくなかった。

くだらぬ戯《ざ》れ言《ごと》を口にする連中を、佐和は心底から軽蔑《けいべつ》して止まずにいる。

彼らは何も分かっていないのだ。

自分たちこそ穀潰しであることに、気づいてもいないのだ。

平勘定は禄高こそ低くても、幕府の歳入と歳出に関する一切に携わる立場。

算盤を弾くばかりが、役目とは違う。

組頭と共に奉行を補佐して頭を使い、将軍家の内証を預かると同時に、日の本の財政を破綻させぬために、人知れず力を尽くす職なのだ。

願わくば、半蔵には前向きに役目に取り組み、出世をしてほしかった。

単なる名誉のためではなく、誰もが嫌がる面倒な算盤勘定こそが、将軍家への最高の御奉公の手始めなのだと、理解してほしかった。

しかし、夫は毎日辛《つら》そうに出仕するばかり。

鬱々《うつうつ》としながら単純計算を十年間、来る日も来る日も続けてきた。

見ている妻の立場としては、苦言を呈したくなるのも無理はない。

半蔵が家庭でも職場でも無能者扱いされるのは、算盤の扱いが下手なことだけが理由とは違う。

早く正確に計算をするだけならば、子どもにもできること。わざわざ大の男を二百人余りも集めて、一日じゅう働かせるには及ぶまい。

弾く数字の意味を考え、示される結果から問題を導き出し、どうすれば財政を立て直せるのかを検討するのが、勘定所勤めの醍醐味《だいごみ》だ。

実にやり甲斐のある役目である。

自分が男子ならば家を継ぎ、進んで出仕したいものだった。

そう思えばこそ、半蔵を叱責せずにはいられないのだ。

算盤の腕が上がり、算学の問題がすらすら解けるようになれば考え方も変わるのではないかと判じ、非番の日もしごいているのである。

だが、夫はまったく分かってくれない。

気持ちさえ前向きになれば算盤勘定も苦ではなくなり、数字の羅列《られつ》にも意味があるのだと繰り返し説いても、一向に訳が分からぬままであった。

本当は得意な剣の腕を生かし、同じ勘定奉行でも、天領で生じた訴訟の処理と治安の維持を役目とする公事方《くじかた》の配下に入り直し、関東取締出役《かんとうとりしまりしゅつやく》に任じられたほうがいいのだろう。

いっそのこと離縁し、公事方の家に婿入りさせるべきなのかもしれない。

癇癪を起こしたときに一度ならず言い放ったことだが、半蔵は決して首を縦には振らず、そなたと離れたくはないと頭を下げて平謝りするのが常だった。

本当は笠井家代々の役目も、高飛車《たかびしゃ》にしか振る舞えない自分のことも嫌で仕方がないはずなのに、じっと耐えている。

不器用には違いないが、並外れた辛抱強さと言っていい。

この辛抱強さは、笠井家の婿にと見込まれた大きな理由だった。

縁談をまとめたのは半蔵の祖父に当たる村垣定行と、佐和の父の総右衛門《そうえもん》。

佐和は見合いを終えた当日の夜、父親から半蔵の来歴の一部始終を聞かされて唖然《あぜん》とさせられたのを、今も良く覚えていた。

勘定奉行まで勤め上げた傑物の孫でありながら、武州の農村で剣術修行と野良仕事に明け暮れて成長し、剣術の師匠から読み書きと漢籍の知識こそ授けられたものの、旗本はもとより御家人の子弟も通う昌平黌《しょうへいこう》どころか、手習い塾にさえ碌に行っていないとは、呆れるより他にない。

道理で気の利いたことを言うどころか浅黒い顔を真っ赤にし、総右衛門からの問いかけには言葉に詰まりながら答えつつも、肝心の佐和とは一言も話をできずに終始うつむいてばかりいたわけである。

斯様な野育ちで不器用そうな男をどうして婿にふさわしいと思うのかと、佐和は父親の目を疑わずにはいられなかった。

すでに半蔵は仲人《なこうど》を通じ、婿入りを望むとの返事をしていた。

とても受けられる話ではない。

見てくれはどうあれ、算盤も満足に扱えぬ男など願い下げだ。

『いい加減にせぬか』

怒り狂う佐和を叱り付け、総右衛門はこう告げたものである。

『されば、そなたは当家を算盤侍と嘲《あざけ》る輩と添い遂げられるのか?』

『無理にございます』

『さもあろう』

きっぱり言い切る娘を頼もしげに見返し、父は嬉しげに微笑《ほほえ》んだ。

『そなたも知ってのとおり、武士とは算勘を軽んじるものよ。算盤を扱うは商人のすることと決めつけて、手に取ろうともせぬ。それでいて当家の婿になりたいと望んで参る者が後を絶たぬは、そなたを妻に得たい一念ゆえのこと。うわべだけ取り繕うておっても、すべてお見通しじゃ』

『では父上、どなた様も私だけを目当てに……？』

『左様。代々のお役目になど、誰も就きたいとは思うておらぬ』

『お目もじせし折に皆様が申しておられたのは、すべて偽りなのですか⁉』

『今まで分かっておらなんだのか、佐和』

『もしやとは思うてはおりましたが……』

『そういうことだ。儂が無粋と承知で、そなたと男どものやり取りが弾んでおるところに水を差し、平勘定の役目がさも辛いかの如く言うたは、あやつらの胸の内を聞き出すためよ。どの者もお父上のご苦労をお察し申す、げにすまじきは銭勘定と口を揃えておったであろうが』

『まこと、たわけた殿方ばかりですこと……』

さも勘定所勤めを望んでいるかのような言葉を並べ立て、必ずや組頭になってみせますと力説したり、算盤は大の得意だとわざわざ持参したのを弾いてみせた見合い相手一人一人の顔を思い起こし、佐和は立腹せずにはいられなかった。

そんな娘に微笑みを絶やすことなく、父は絶対の自信を込め、こう請《う》け合ったものだった。

『半蔵殿は、そこらの小才子《こざいし》どもとは格が違うぞ』

『格……にございまするか？』

『左様』

『されど、得手なのは武芸のみでありましょう。それも田舎剣術の』

『言葉を慎《つつし》め、佐和』

『も、申し訳ありませぬ』

『いずれの流儀であれ、無二念に修行を重ねて参ったは天晴《あっぱ》れなことぞ』

佐和の失言を窘《たしな》めた総右衛門は、真面目な面持ちで言葉を続けた。

『まして師の亡き後も十余年、今日まで飽かずに続けて参ったとなれば、愚直さも突き詰めれば見事と言うしかあるまい。あの半蔵殿ならば間違いのう、平勘定の役目を全《まっと》うしてくれるであろうよ』

『まさか、そんなことはありますまい……ほほほほは』

『これっ』

思わず噴き出した娘を、父はまたしても叱り付けた。

『あの男の値打ちが、そなたは分からぬのか』

『父上……』

『あれほど愚直な仁に非ざれば、お役目として間違いのう、算盤を日々弾くことなど続きはせぬ。小器用な者ならば早々に嫌気が差し、投げ出してしまうのが目に見えておるわ』

総右衛門の実感に基づく一言を、佐和は認めざるを得なかった。

勘定所勤めには根気が必要である。

まずは算盤を弾く現場を徹底して経験し、腕を磨く必要がある。

さもなくば、組頭を補佐する仕事など任されない。

苦労を省《はぶ》こうと目論んだところで通用しないし、数字に強くもないくせに上の立場になっても周囲から信頼を勝ち得るには至らず、役立たずと見なされるだけのことだった。

かかる現場の苦労を乗り切らせるには、最初から算勘に秀でた者が望ましい。

しかし笠井家に婿入りを申し入れてくる旗本の子弟たちは、平勘定の職を本音では軽んじており、算盤になど興味もない者ばかり。

半蔵もその点は同じだったが、勘定所勤めを馬鹿にしていないのは、さすがに佐和も分かっていた。

見合いの席で総右衛門が巧みに仕向けた誘導尋問に引っかからず、難しいことは自分には分かりかねますと前置きした上で、銭も年貢《ねんぐ》の米俵も間違いなく数を揃えるのが大事であると同時に、揃わぬときは何が障《さわ》りになっているのか調べた上で民を助け、持てる力を尽くすのが役人の責任ではないかと述べたのだ。

他の見合い相手が揃いも揃って銭勘定を軽んじ、平勘定の役目などは二の次で佐和の歓心を買うことにばかり注力していたのとは、まるで違った。

今にして思えば旗本の子ではなく、農民の倅《せがれ》のような発想と言っていい。

だが、総右衛門は半蔵のその言葉から、可能性を感じ取ったのだ。

そして佐和は父の目を信じ、愚直で口下手な半蔵を婿に迎えたのである。

されど、婿入りから十年目を迎えても、まだ芽が出る様子はない。

半蔵は相も変わらず辛そうに勘定所勤めをしており、算学を勉強させても佐和が望むほどの実力が付かずにいる。

このままでいいのか。

夫が向いている道に、進ませてやるべきではないのか。

そんなことを思い詰める一方で、佐和は半蔵を愛しくも思う。

良くも悪くも、夫は愚直な性分である。

嫌々ながら一日とて勤めを休まず、地道に出仕し続けている。

非番の日には佐和から課せられた約束を守り、進みが遅いながらも『塵劫記』の問題に取り組んでもくれていた。

たしかに、父の総右衛門が見込んだとおりであった。

不器用には違いないが、愚直にして、誠実なのだ。

斯様な人間を、嫌うほうがどうかしている。

半蔵は上役の組頭から無能者扱いをされていても、同役の人々に疎《うと》んじられてはいなかった。

むしろ、その愚直さは愛されているという。

決して付き合いが良いわけでもなく、雑用を押し付けられがちなので六尺近い体を目立たぬように小さくしていても、どこか気がいいからである。

平勘定の役目に後から就いた旗本が抜擢され、先輩の半蔵を差し置いて組頭を補佐する立場になっても妬心《としん》など抱きもせず、馬鹿にしようとした相手が呆気《あっけ》に取られるほど素直に祝福するので、実は笠井は大した奴なのではないかと仲間内で感心されているとのことだった。

そんな噂を同役の家々から聞かされるたびに立腹し、半蔵を叱り付けてばかりいたことを、佐和は今になって申し訳なく思わずにいられない。

たしかに、半蔵は格が違う。

算勘の才が非ざる身でも、あの愚直さは愛すべきもの。

職場の人々がそう思ってくれているのに、妻が認めずにいては報《むく》われまい。

半蔵のためを思えば、いつまでも笠井家代々の職に縛り付けておかずに、解放してあげるべきなのだろう。

だが、夫と離れたくはない。

接し方を誤っていただけで、半蔵を大事にしたいのだ。

そう思い至ったとたんに、居ても立ってもいられなくなったのである。

念入りに体を洗って湯に浸《つ》かり、のぼせぎみの体を寝間に運んでから、すでに一刻近くが経《た》っていた。

稽古に出かけただけにしては、戻りが遅すぎる。

道場主から夕餉の馳走に与かったとも考えられるが、町境の木戸が閉じられる夜四つを過ぎるまで、先方も長居をさせるはずがない。

もしや、あの女と逢《あ》っているのではあるまいか。

「お前さま……」

布団の中で、佐和はぎゅっと身を固くする。

嫉妬に目を吊り上げるよりも不安が先に立っていた。

お駒と佐和は、一度顔を合わせている。

矢部邸を探っていて手傷を負わされた梅吉を残し、定謙を一人で襲撃したお駒が返り討ちにされかけたのを、半蔵が助けたときである。

ずぶ濡れの女と刀傷を負った若い男を伴い、湯を沸かして傷の手当てをせよと佐和に命じた半蔵の態度は、かつてなく凛々《りり》しいものだった。

あれこそが、夫の本来の姿なのであろう。

大きな体をできるだけ小さくし、職場でも家庭でも、目立たぬように振る舞わざるを得ないのは、持てる力を思うままに発揮できない場所であればこそ。

本領を発揮し得る場に立てば、もっと大きくなれるに違いない。

何をしてきたのかは分からぬまでも、そんな可能性を、あの夜の半蔵に佐和は見出していた。

されど、他の女に渡すわけにはいくまい。

夫は、お駒に心を奪われている。

自覚できていないのかもしれないが、佐和には分かる。

言いたいことをずけずけ口にするところは似ているが、お駒には自分と違って愛嬌がある。

見た目はお世辞にも美形とは言えまいが、同性の目から見ても愛らしい。半蔵が気を惹《ひ》かれたとしても、口惜しいことだがうなずける。

しかし、あの女はいけない。

本音で物を言っているようでいて、言葉の裏には嘘が見える。

矢部家に女中奉公していた母親を孕ませた上で捨て、母娘を引き取った義父を殺した定謙に恨みを晴らしたいという話にしても、どこまで本当なのか分かったものではない。

もしも夫が同情し、お駒のために動いているとすれば一大事。

矢部定謙を狙う理由が何であれ、人のいい半蔵を騙《だま》して助太刀をさせるつもりであれば、何としても阻止しなくてはなるまい。

ともあれ、夫とじっくり話をしよう。

この十年、自分の厳しさが裏目に出ていたのであれば素直に謝り、どうすれば笠井の家でお互いに心地よく過ごせるのかを話し合い、お駒に気を惹かれぬようにさせていこう。

そんな想いもあって、半蔵の部屋に忍んで来たのだ。

和合《わごう》できていれば、夫婦の危機は回避できる。

母の里江《さとえ》からも、言われたことである。

総右衛門と共に移り住んだ深川の隠居所を訪ね、夫の愚痴をぶちまけるたびにお前が良くない、素直になるのが一番だとも言われている。

さすがの佐和も、このところ痛感せざるを得なくなっていた。

意地を張るのも、そろそろ止《や》めたほうがいい。

和合することからやり直そう。

そう思えばこそ、長らくせずにいた寝化粧を整えた上で、こうして夫の部屋で待っているのだ。

それなのに、半蔵が戻る気配は無い。

非番の日に限ったことではない。

この一月の間、ずっと帰宅が遅かったのだ。

気配を殺して戻って来ても、寝起きの顔を見れば分かる。

女中任せにすることなく、朝の日課として佐和が受け持っている髭剃りと結髪をしていても、疲労の濃さがありありと見て取れた。

睡眠が足りていなければ、自ずと昼間の勤めに障りが出る。

様子を見に屋敷の中間《ちゅうげん》を下勘定所へ差し向けたところ、半蔵が算盤を弾く速さは常にも増してのろくなり、居眠りをせず頑張っている代わりに、昼食の休憩の間じゅう文机に突っ伏し、死んだように動かずにいたという。

やはり、夫は何かを隠している。

妻には明かせぬことがあるのだ。

問い質《ただ》さなくてはなるまいが、いつもの調子で叱り付けては元の木阿弥《もくあみ》。

今宵こそは持ち前の勝ち気を何とか抑え、しとやかに夫と接しよう。

それにしても、眠い。

「早う、お戻りくださいませ……お前さま……」

つぶやく佐和の声が、切れ切れになってきた。

程なく、安らかな寝息が聞こえてくる。

まだ半蔵は戻らない。

半蔵がどうにか呉服橋までたどり着いたものの疲れ切り、駿河台の屋敷に戻る力が出せぬまま『笹のや』の二階に倒れて眠りこけているとは、夢うつつの佐和には知る由もなかった。

三

翌朝、半蔵は定刻ぎりぎりに出仕に及んだ。

いつもは朝一番に出てくるのに、今日はすべり込みである。

「何としたのだ、笠井？」

「顔色が優《すぐ》れぬの。奥方から雷《かみなり》でも落とされたのか」

机を並べる同役の平勘定たちが口々に、心配そうに問うてくる。

「ご心配には及びませぬ……」

努めて笑顔で答える半蔵の両目は吊り上がり、頬と顎は剃刀《かみそり》負けの傷だらけ。

夜明けに目を覚まして早々に屋敷へ駆け戻ると、佐和は怖い顔で待っていた。

元結《もっとい》をぎゅうぎゅうに締め上げられ、髭を剃るときに傷を付けられるのは毎朝のことだが、この十年、今朝ほどひどい仕上がりにされた覚えはなかった。

どうしてそんなに怒っているのか、一言も口をきいてくれなくては察することもできはしない。もちろん朝餉は供してもらえず、時間がないので『笹のや』に立ち寄ることもできずに出仕に及んだ半蔵だった。

ともあれ、日々の役目を怠るわけにはいくまい。

午前は何とか頑張り通せたが、眠気に劣らぬ空腹に耐えきれず、うっかり昼食を摂《と》ったのがまずかった。

午後から半蔵は常になく背筋を伸ばし、胸を張って算盤を弾いていた。

「笠井め、今日はずいぶんと張り切っておるな」

「不器用者が、ようやっと御用に勤《いそ》しむ気になったらしいの」

「この様子ならば美人の奥方も一安心ぞ」

周りの平勘定たちはささやき合いつつ、それぞれ役目に勤しんでいる。

勝手な物言いも、当の半蔵には聞こえていない。武骨な顔を引き締めて算盤の珠を弾き、求めた値を書き留めていく。気を張っていなければ眠気に負けて机に突っ伏し、そのまま眠りに落ちてしまいそうであった。

影御用で疲れ切っているとは明かせぬ以上、のろくても勘定違いをしないように勤めをこなさなくてはなるまい。

それにしても、眠い。

いつになく抑えが効かずにいたのは、浪岡晋助との対決により、この一月の間に溜まりに溜まった疲れが、一気に出てしまったからだけではない。影の御用を打ち切られるのではないかと思ったことで、気が抜けてしまっていた。

自分の迂闊《うかつ》さで矢部定謙に正体を知られたとなれば、梶野良材から厳しく責を問われても仕方あるまい。

だが、こちらには何の落ち度もありはしない。

定謙は良材から話を聞いていたと、はっきり口にしたのだ。

密なる命を下すなどと、もっともらしいことを言っておきながら、自分から影の警固役の正体を明かすとは、呆れた話である。

上つ方の面々は一体、何を考えているのだろうか――。

「笠井、これ、笠井！」

耐えきれずに船を漕《こ》ぎかけたとき、勘定組頭の呼ぶ声が聞こえた。

「何としたのじゃ、しっかりせい」

「め、面目次第もありませぬ……」

「仕様のない奴だのう」

朦朧《もうろう》とする様に呆れながらも、組頭は声を荒らげない。

「算盤を置いて廊下に出よ」

「は？」

顔でも洗ってこいと言われたのかと思いきや、組頭に同道された先は勘定奉行の用部屋だった。

「笠井半蔵を召し連れましてございまする」

敷居際から言上《ごんじょう》する、組頭の声は緊張を帯びていた。

障子は閉じられたままだった。

「大儀である。後は任せよ」

「し、承知仕《つかまつ》りました」

組頭は顔まで強張らせていた。

奉行とは日頃から役目の上で接しており、礼を欠かさぬのは当然としてもカチカチになるには及ぶまい。

どうして下勘定所で最も不出来な、仕事も遅い半蔵と奉行が直々《じきじき》に会いたいと言い出したのかが、理解できずにいるのだ。

もしや、御役御免にするつもりなのではあるまいか。

そうだとすれば不憫《ふびん》なことだが、どうしようもない。

小心者の組頭にできたのは去り際に一言、半蔵の耳元でささやくことのみ。

「謹《つつし》んでご沙汰《さた》をお受けするのだぞ、笠井」

「は……」

言葉少なに答え、半蔵は目礼を返す。

凛とした瞳はまだ赤いが、眠気は完全に失《う》せていた。

組頭が案じているように、御役御免にされることを危惧《きぐ》したわけではない。

どうして自分を呼び出すのにお付きの小者を使わず、わざわざ組頭に命じたのかを判じかねていたのだ。

梶野良材は午前中を江戸城中の上勘定所で執務し、下勘定所に戻ってきて専用の部屋に詰めるのは午後からのことである。早朝にも一時立ち寄り、書類に目を通すので、なかなかに忙しい。

そんな御用繁多な身であっても、良材は影御用の報告を日に一度、欠かすことなく半蔵から受けるのが常だった。

警固する対象の矢部定謙の身辺に異常が無かったか否かをまずは聞き、その夜の行動を子細《しさい》に語らせた上で、最後に日当の金一分を寄越すのだ。

この一月の間、非番を除いては毎日繰り返してきたことである。

昨日は休みだったため、今日は合わせて二日ぶんの報告ということになる。

「笠井にございます」

組頭の姿が廊下を遠ざかったのを見届けて、半蔵は障子越しに呼びかける。

「入れ」

常と変わらず、落ち着いた声だった。

対する半蔵も、必要以上に硬くなってはいない。

「失礼仕ります」

廊下に座った腰を浮かせて、すっと障子を引き開ける。

梶野良材は老いても潑剌《はつらつ》とした人物だった。

「お役目大儀である。楽にせい」

脇息《きょうそく》を後ろに押しやり、半蔵を迎える姿は姿勢がいい。

中肉中背だが自然に背筋が伸びており、腰も曲がっていないので、並よりも身の丈が高く見える。

白髪頭からは鬢付《びんつ》け油がほのかに匂い立ち、身だしなみにも隙が無い。

六十九歳の勘定奉行は、見るからに切れ者といった雰囲気を漂わせていた。

半蔵は謹んで膝を進め、奉行の面前に罷《まか》り出る。

折り目正しく振る舞う姿を、良材は微笑を浮かべて見やる。

「まことに大儀と申さねばならぬのう、笠井」

「恐れ入りまする」

「良い良い。鍛えられし体であっても、昼夜を問わぬ勤めとなれば相当に堪えておるはずじゃ。無理をさせてしもうて、相済まぬの」

「身に余るお言葉、痛み入りまする……」

微笑みながら労う良材に対し、答える半蔵の口調は淡々としていた。

礼を失さぬ代わりに、不信の念をにじませている。

それに気づかぬほど、良材は鈍くない。

「そのほう、何故に組頭に呼びにやらせたのかが解せぬらしいの」

「………」

「そう怒るな。もとより故あってのことじゃ」

「何故にございますのか、お奉行」

「暫《しば》しの間、そのほうに暇を取らせようかと思うての。むろん、職に復するまで席は残しておく故、安堵《あんど》せい」

「御暇を……」

半蔵は絶句した。

一体、どういうことなのか。

影の警固役を務めているのを矢部定謙に知られたと聞き及び、御役御免にするつもりと違うのか。

「どうしたのじゃ。もそっと喜べ」

解せぬ面持ちの半蔵を、良材は笑みを絶やすことなく見返す。

「これは、そのほうのためを思うての仕儀であるのだぞ?」

「拙者のために……でございまするか」

「左様」

疑念を拭《ぬぐ》えぬ半蔵に、良材は続けて語りかけた。

さりげなく告げてきたのは、さらに思いがけぬ一言であった。

「左近衛将監が、そのほうを所望しておる」

「えっ」

「下谷の屋敷に参りて、あやつに暫し仕えるのだ」

「拙者が、左近衛将監様に……？」

まったく訳が分からない。

百五十俵取りの軽輩とはいえ、半蔵は直参旗本。

それが何故に、同じ旗本に仕えなくてはならぬのか。

しかも矢部定謙とは、一体どういうことなのか。

良材の答えは明快だった。

「これも影御用と心得よ。あやつの身を護るには、そのほうを側近《そば》くに置くのに勝る策はあるまいからのう」

「……それは、お奉行のご存念にございますか」

「左様と申さば、何とする」

「謹んで、お断りいたしまする」

「ふふっ、そのほうも言うのう」

「畏れながら、当家も小なりとは申せど直参にございますれば！」

「まぁ、そう怒るな」

憤りを隠せぬ半蔵をやんわりと宥《なだ》めつつ、良材は微笑む。

しかし、目までは笑っていない。

静かな眼差《まなざ》しで見返しながら、言葉を続ける。

「笠井が功多き家であるのは、もとより承知の上じゃ。それに、そのほうが祖父御が勘定奉行の職を勤め上げし身……斯様に勘定所と縁のある家を、無下に取り潰しはせぬ」

「まことですか、お奉行」

「くどいぞ、笠井」

「は……」

半蔵はすかさず平伏した。

さすがに言いすぎたようである。

だが、半蔵が熱くなったのも無理はない。

笠井家を護るのは婿として、全うしなくてはならない責なのである。

命じられた影御用を今日まで続けてきたのも、詰まるところは笠井の家を危機に晒さぬためなのだ。

お駒と梅吉の仇討ちについては、止むを得ぬ場合は手を引くしかない。

されど、家名と義理の父母、そして佐和を見殺しにはできない。

あくまで婿としての責任を、優先したい。

そのために矢部家へ行けということであれば、承知するより他にあるまい。

良材も姑息《こそく》な条件を出してきたものである。

腹立たしい限りだが、これ以上は異を唱えてはなるまい。

影御用を命じているとはいえ、良材が自分のことを、手放しに評価してくれているとは半蔵も思っていない。

刺客に襲撃された窮地を救い、腕の程を見極めた上で、手駒として役に立つと見なしただけなのだ。

それも、勘定所の配下という点が重宝《ちょうほう》なはずである。

どれほど腕が立とうとも、外部から呼び寄せた剣客には同じ役目を任せるわけにいかないだろう。

良材が個人として命じているとはいえ、これは幕府の内情に関わる話。

真の理由は定かでないが、良材は出世街道から外れて落ち目になっていた定謙に肩入れし、南町奉行の座に就かせようと励んでいる。

定謙にとっては宿敵である水野忠邦の腹心でありながら、同じく忠邦の懐刀である鳥居耀蔵と共に、現奉行の筒井政憲を追い落とそうとしているのだ。

斯様な話を部外者が耳にすれば、格好の強請《ゆす》りのネタとなる。法外な金や地位を見返りに要求し、拒まれれば世間に公表すると言って居直るに違いない。

影の警固役にと見込まれるほどの腕利きならば、尚のことだ。

しかし、半蔵ならば何の危険も有りはしなかった。

代々の平勘定であり、勘定所勤めを誇りとする家の入り婿であれば、裏切って愚かな強請りなど働くはずがないからだ。

まして、妻の佐和は旗本八万騎随一と謳われた美貌の持ち主。

半蔵にとっては過ぎた妻である。

裏切れば家名を断絶され、夫婦は路頭に迷うことになる。

のみならず、如何なる罪を着せられるか分からない。

隠居した総右衛門と里江にも累《るい》は及び、下手をすれば半蔵の実家——村垣家にまで手が伸びるかもしれなかった。

半蔵には同役の誰よりも、不利な条件が揃いすぎているのだ。

そんなところまで見越した上で、良材は影御用を命じたのではあるまいか。

「…………」

言葉を失ったまま、半蔵は頭を下げている。

良材に許しを乞《こ》うているわけではない。

矢部家に仕える件を白紙に戻してほしいと、願っているわけでもない。

自分の迂闊さを、心底から悔いていたのだ。

影の警固役を命じられた当初は、やっと自分の本領を発揮できると胸が躍ったものである。

だが、現実は甘くない。

昼間はこれまでどおり勘定所勤めをし、夜は影御用という毎日は、並より強靭《きょうじん》な半蔵をして、わずか一月で疲労困憊《ひろうこんぱい》するほどキツいものだった。

だが、こんなものではなかったのだ。

良材は影御用の次の段階として、定謙の屋敷に住み込んで身辺を警固することを命じてきたのだ。

どのような人事となるのかは定かでないが、仕えるということは矢部邸で生活をしなくてはならない。

笠井家の屋敷を出て、佐和とも離れなくてはならぬのだ。

またしても自分のことで怒りを募らせているらしい妻を放っておくのは、心配な限りである。

せめて、下谷まで通う形にさせてはもらえないだろうか。

意を決し、半蔵は面《おもて》を上げる。

しかし、いち早く告げてきたのは良材だった。

「左近衛将監の屋敷の間取りは存じておるな、笠井」

「は、はい」

「あやつの座敷の続きに、手頃な一間《ひとま》があるそうだの。板敷きらしいが、鍛えた体のそのほうが寝起きするには申し分あるまい。目も行き届く故、左近衛将監の素行もずいぶんと改まるであろうよ。はははははは」

「………」

すでに、宛《あて》がう部屋まで決められていたのだ。

もはや、半蔵に異を唱える余地は無い。

(拙者は何とすれば良いのだ、佐和)

こんな事態になるのであれば、影御用のことを打ち明けておくべきだった。

隠し立てせず、何もかも話しておくべきであった。

佐和ならば斯様な羽目になるのを予測し、取り込まれる前にどうすれば良いのかを教えてくれたことだろう。

されど、今となっては遅い。

「さ、早う参れ」

退出を促す良材の口調は弾んでいた。

肩入れする定謙の身辺の護りが一層固くなると思えば、喜ばしいのだろう。

当の半蔵にしてみれば、堪ったものではない。

せめて、屋敷に立ち寄らせてはもらえぬものだろうか。

「お奉行……」

恐る恐る言上しようとしたものの、もはや良材は聞いていない。

浮き浮きと腰を上げ、先に立って用部屋を出ようとする。

立場上、こういうときには黙って障子を開けねばならない。

廊下に立った良材は、去り際にさりげなく告げてきた。

「そのほうの屋敷には使いを走らせた故、立ち戻るには及ばぬぞ。着替えなどは下谷まで運ばせておこう」

「……お気遣い、かたじけのう存じまする」

平伏したまま、半蔵は礼を述べる。

こんなときも礼を失してはならない己の立場を、口惜しく思うばかりだった。

「御暇を頂戴し、左近衛将監様にお仕え申し上ぐるとな……?」

下勘定所から足を運んできた小者の言伝《ことづて》を聞かされるや、佐和は絶句した。

「思案の末のことなれば、止めてくれるなとの笠井様のお言葉にございます」

勘定奉行付きの若い小者は、落ち着いた口調で語るばかり。

玄関先で美貌を強張らせている、佐和の有り様など気遣ってもいない。

あるじの梶野良材から命じられた役目を、淡々と果たしているだけだった。

「お奉行様もたっての望みならば是非もないが、代々の平勘定を務めし家が陪臣《ばいしん》に成り下がるは由々しきこと故、当面は病欠の扱いにして様子を見るとの仰せにございました。その間は御禄も差し止めにはなりませぬので、くれぐれもご安堵なされませ」

「……………」

「笠井様のお召し替えは挟箱《はさみばこ》にまとめておいてくだされば、こちらでお届けいたしましょう。明日の今時分にまた参じますので、よろしくお頼み申します」

必要なことだけ伝えると、小者は一礼して去って行く。

座り込んだ佐和の顔は蒼白だった。

悪い予感が当たってしまった。

夫はついに勘定所勤めに嫌気が差し、職を投げ出した。

しかも矢部定謙の許へ行くとなれば、これはお駒の仇討ちを手助けするつもりに違いない。

そんな考えで、頭の中が一杯になっていた。

こんなことになるのであれば、出仕させる前に話をするべきだった。

拗《す》ねることなく接し、意地悪をせずに問いかけていれば、半蔵は思うところを素直に明かしてくれたかもしれない。

今になって悔やんでも、手遅れなのか。

「お前さま……」

玄関先に射す陽光は、初夏を思わせる。

吹き寄せる風も、緑の濃い香りを孕んでいる。

しかし、今の佐和には何も感じられない。

雑巾がけの行き届いた床に、はらはらと涙がこぼれる。

己の迂闊さを、ただただ悔いるばかりの佐和であった。

才色兼備の佐和も、人がよすぎるのは夫と同じである。

もたらされた言伝《ことづて》が偽《いつわ》りなのを、彼女は見抜けていなかった。

半蔵が笠井の家を危うくしてまで職を離れることなど有り得ず、好きこのんで矢部家に行くはずもないのに、すべては当人の固い意志であり、さも穏便に取り計らってやったかのように、良材は話をでっち上げたのだ。

たとえ勘定所に確かめたところで、真相が発覚することは有り得なかった。

良材は佐和の許へ使者を差し向ける前に、抜かりなく段取りを付けていた。

勘定所内の人事は、奉行の思うがままである。

有無を言わせず下谷の矢部邸へ赴かせた半蔵と入れ替わりに、良材は再び勘定組頭を呼び寄せた。

「委細《いさい》、儂が申したとおりにするのじゃ。良いな」

「ははーっ」

念を押され、組頭は深々と頭を下げる。

良材は子細を伏せたまま、半蔵には特別の御用を命じたので、当分の間は病欠扱いにするように指示を出したのだ。

組頭さえ押さえておけば、他の平勘定たちも余計な真似《まね》はしない。

如何なる次第なのかは定かでなくても、半蔵が奉行より命を受け、勘定所外で何か御用を果たしているらしいと理解すれば、たとえ当人と町中で出くわしても知らぬ振りをせざるを得ないはず。御用の内容が何であれ、邪魔をすれば良材の不興を買い、悪くすれば御役御免にされてしまうからだ。

勘定所勤めをしくじって困るのは、半蔵だけとは違う。

組頭から末端の支配勘定に至るまで二百名余りの役人たちは、笠井家のように家代々の役目として、あるいは出世の足がかりとして就いた職を全うするために算盤を日々弾いている。

他の旗本や御家人から軽んじられ、聞こえよがしに「算盤侍」呼ばわりされていても、進んで職を投げ出そうとする者は一人もいない。

御役御免になれば収入は家禄だけとなり、たちまち暮らしは行き詰まる。

わが身が可愛いと思えば、たとえ半蔵がこのまま戻らなかったとしても、誰も真相を突き止めようとはしないだろう。もしも物好きな者がいれば適当に出世をさせて黙らせるか、さもなくば口を封じればいいだけのこと。

矢部邸については、良材は何も心配していない。

定謙が半蔵を気に入り、側に置きたいと言い出したのは事実だからだ。

剣の腕はもとより気性も申し分ない。願わくば、ぜひ臣下に加えたいとの所望を良材は快諾《かいだく》し、江戸城中で定謙から話を切り出された当日の午後一番で半蔵を呼び出して、事を承知させたのである。

そもそも、良材が影御用と称して半蔵を使役《しえき》し始めたのは、いずれ定謙が次の南町奉行に決まるのを見越してのことだった。目付の鳥居耀蔵と共に進めた根回しは功を奏し、老中首座の水野忠邦も意向を固めている。

遅くとも四月のうちに現職の筒井政憲は罷免《ひめん》され、月末には定謙が数寄屋橋《すきやばし》の南町奉行所に着任する運びとなるだろう。

それまで定謙に命を保っていてもらわねばならないし、町奉行の職に就かせてからも、役に立ってもらうときが来るまでは生かしておかねばなるまい。

されど、定謙は敵を作りやすい性分だ。良く言えば気骨があり、悪く言えば融通《ゆうずう》が利かない。にも拘わらず詰めが甘く、何かと禍根を残しやすい。

良材まで巻き込まれ、危うく命を落としかけた吉原遊郭での一件にしても亡き大塩平八郎との因縁が災いし、招かれるべくして招いた事件だった。

誰か手頃な警固役がいないものかと探していたところ、良材は配下の平勘定に思わぬ逸材が埋もれているのに気づいた。

見出すきっかけとなったのは、大手御門前で刺客の一団に襲われた件。

良材が自分のために動いてくれているとは思いもよらず、老い先短い身で勘定奉行に抜擢されたのを嫉妬した定謙が差し向けた、精強の刺客どもを半蔵は水際立った腕前で打ち倒したのだ。

取り急ぎ調べたところ、半蔵は武州の多摩郡一帯に学ぶ者の多い、天然理心流なる流派の使い手だった。

これまで良材が気づかずにいたのも、無理はあるまい。

もとより勘定所勤めでは武芸に秀でていても役には立たぬし、どれほど強くても江戸市中で無名に等しい流派では、免許持ちでも高い評価はされない。

まして半蔵は初歩の伝書である切紙さえ授かっておらず、笠井家に婿入りする間際まで過ごしていた武州の地で天然理心流の修行は積んでいても、宗家の正式な門下に加わってはいない。一人の門外漢として、稽古への参加を許されていただけの立場なのだ。

そのため半蔵は武芸が特技だと口外しておらず、十年来の付き合いとなる勘定所の組頭も同役の平勘定たちも、まさか剣術に加えて柔術と棍術まで使える手練であることなど、誰も知らない。

昨年九月に勘定奉行の職を奉じて以来、二百名を超える配下全員の名前と顔を早々に暗記していた良材も、勘定所で最も印象の薄い半蔵が、これほど使える男とは思ってもみなかった。

だが、見出すのが遅れただけの値打ちはある。

たとえ剣の腕が立つ者でも、算勘の才にも秀でていれば、言うことを聞かせるのは難しい。

そういった手合いは勘定所に必要な人材と自覚しており、敢えて影御用に就かせる意味があるのかと、逆に切り返されてしまいかねないからだ。

良材も奉行の立場上、優秀な配下を捨て駒にはできかねる。

その点、笠井半蔵は切り捨てやすい。

勘定所からいなくなっても、誰も困らない。

半蔵は、代々の当主が優秀な平勘定だった笠井家の入り婿でありながら、算盤の腕はもとより財務を検討する頭など、まったく持ち合わせていなかった。

先代の笠井総右衛門に気に入られたのか、あるいは生前に勘定奉行の職を勤め上げた、祖父の村垣淡路守定行の威光が効いたのかは判じかねるが、誰の目にも算勘の才が無いのは明らかであるにもかかわらず、婿に選ばれたのだ。

家付き娘の佐和は旗本八万騎で随一とまで謳われた美貌の持ち主だけに、他の男ならば、どんなに苦手なことにも奮起するはず。算盤の扱いに達者になるべく励み、妻の歓心を得るために、勘定所勤めにも身を入れるに違いあるまい。

しかし、半蔵は十年経っても芽が出ずにいた。

算盤勘定は商家の丁稚のほうがマシと思えるほど拙く、美人ながら気の強い妻に日々叱咤されていながら、まるで向上しない。

それでいて勤めぶりは真面目そのもので、組頭から聞いた話では朝一番で出仕に及び、同役の面々の机にまで雑巾がけをするのが、いつものことだという。

真面目と言うよりも、愚直なのだ。

この手の不器用者は、使い勝手がいい。

見込んだとおり、嫌われ者の矢部定謙の警固を命じても逆らいはしなかった。

定謙が人の恨みを買いやすいのは真っ直ぐな気性が災いしてのことだが、水野忠邦と対立したため出世の道を閉ざされ、一時は生来の負けん気に拍車がかかるばかりであった。

そんな性格であるが故に感情の起伏が激しく、子飼いの家士を刺客に仕立てて良材を亡き者にしようなどと、血迷いもしたのだ。

だが、こちらが命を狙われる恐れはもはや無い。

半蔵に影の警固役を命じた直後に、定謙とは話を付けてある。

自分は味方と伝え、南町奉行の職に首尾よく就かせるために、後押しをすると約してもいた。

約束どおり、定謙の願いはもうすぐ成就《じょうじゅ》する。

喜びは束の間とも知らず、さぞ上機嫌でいることだろう。

一時の勘定奉行に上り詰めた定謙が失脚の憂き目を見たのは、今から三年前の天保九年（一八三八）の三月に江戸城の西ノ丸が台所からの出火で全焼し、その西ノ丸が気に入っていた大御所の徳川家斉公の機嫌を取るべく、忠邦が速やかな再建を勧めたのが発端だった。

時の勘定奉行だった定謙が頑として反対し、大御所様には類焼を免れた二ノ丸に移っていただくと主張したのは、工事に膨大な費用がかかるのを見越したからである。

小判を改鋳《かいちゅう》して金の含有量を減らすことで差益を出したり、粗悪な天保通宝を大量に発行したりと、その場しのぎを繰り返すばかりの幕府の財政の破綻ぶりを危惧《きぐ》する余りに主張した、勘定奉行としてはもっともな意見と言えよう。

しかし、正しいことが常に通用するとは限らない。

良かれと思った献策は、裏目に出た。

定謙は家斉の不興を買って、出世の道を閉ざされてしまったのだ。

周囲から融通の利かぬ堅物と見なされがちな忠邦のほうが、この件においては上手《うま》く立ち回ったのである。

忠邦は贅沢三昧《ぜいたくざんまい》の家斉に取り入りながらも、倹約を唱えて止まない基本の姿勢は崩さず、西ノ丸の工事費を御三家と加賀《かが》藩が負担する御手伝普請《おてつだいぶしん》とすることによって、幕府の御金蔵の費《つい》えを抑えた。

この西ノ丸再建の一件で、忠邦と定謙の明暗は分かれた。

着実に出世を重ねてきた定謙が左遷の憂き目を見させられたのをよそに、忠邦は老中として席次を上げていき、最高位の首座となるに至った。

そして倹約令を断行する上で最大の障害だった家斉公が亡き今、いよいよ幕政改革に本腰を入れようとしている。

天敵の定謙を幕府の中枢から遠ざけた上で、ついに政《まつりごと》の実権を握ったのだ。

忠邦の腹心である限り、将来は安泰。

来年で齢《よわい》七十を迎える身でありながら、まだ良材は欲を捨てていない。

もう一花咲かせてからでなくては、満足して冥土《めいど》に渡れないのだ。

その志は、見上げたものと言えよう。

たしかに、良材は優秀な幕臣である。

一介の御庭番から身を起こし、疾《と》うに還暦を過ぎた歳で勘定奉行の要職にまで上り詰めることが叶《かな》ったのも、心身共に壮健であり、頭も冴《さ》えていればこそ。

だが、弱者を切り捨てようとして憚《はばか》らずにいる姿勢は、とても感心できたものではなかった。

「ふ、ふふふ……」

整頓の行き届いた文机に向かって筆を執《と》りながら、良材はほくそ笑む。

障子越しの西日が強い。

もうすぐ日が暮れようとしていた。

四

大川も河口に至ると、潮の香りが強くなる。

「あー、いい心持ちだぜぇ」

佃島《つくだじま》を間近に望む鉄砲洲に立ち、男は大きく伸びをした。

歳は三十になるかならないかといったところ。

細身ながら、引き締まった体つきをしている。潮風にはためく着流しの裾から覗く臑《すね》も、色こそ白いが筋肉の張りが頼もしい。

「ほら、義姉《ねえ》さんもやってみなせぇ」

傍《かたわ》らにたたずむ佐和に促す男の顔は、半蔵と瓜二つ。

まさに生き写しであるが、浅黒い半蔵と違って色白で、精悍さに鯔背《いなせ》な雰囲気を兼ね備えていた。

口調こそくだけたものだが、大小の刀はきちんと差している。

袴を穿《は》かずに帯刀すると鞘が傾き、浪人風の落とし差しになってしまいがちなものだが、その男は形良く二刀を帯び、水平に近い角度に保っていた。

黒光りする髷《まげ》から匂い立つ、鬢付け油も芳《かんば》しい。

素足に下駄を突っかけていても、野暮《やぼ》ったらしさとは無縁であった。

いかにも江戸の旗本らしい、洒脱な男ぶりである。

村垣範正、二十九歳。

将軍の身辺警固を務めとする小十人組の精鋭は、半蔵の腹違いの弟だ。

相談する相手を求めて、佐和は義弟の許に足を運んでいた。

駿河台の屋敷の奉公人には、もとより話せることではない。

深川の隠居所で暮らす両親は折悪《おりあ》しく、伊豆まで湯治に出かけていた。

かと言って、村垣の本家には駆け込みにくい。

定行さえ存命ならば力になってくれたに違いないが、正式な庶子でもない半蔵の存在は今の村垣家にとって何の意味もなく、たとえ命を落としたところで関与するとは思えなかった。

かくなる上は、頼れる相手は範正のみ。

折良く非番だった義弟は佐和の話を聞くと、最寄りの鉄砲洲まで連れ出した。

佃島と行き来する船の渡し場がある船松町を含めた、海沿いの一帯は町人地。

どの家でも女房が夕餉の支度を始めており、亭主も子どもも腹を空かせて家に帰る時分であった。

「わーい!」

「待てっ」

海辺にたたずむ二人の横を、子どもの一団が駆け抜けていく。

裾短かの着物の裾を風に舞わせ、裸足《はだし》で走る姿が微笑ましい。

「兄上と俺も、がきの頃にゃあんなもんでしたよ」

懐かしげに微笑む範正は、半蔵とは四歳違い。

女中の子として生まれた兄を軽んじることなく、今も変わらず仲がいい。

半蔵が武州へ移った後は長らく会えずにいたが、笠井家への婿入りが決まって江戸市中に居着いた十年前から付き合いは復活し、駿河台の屋敷にも足を運んで兄弟二人で話し込んだり、庭で竹刀を交えて腕比べに興じるのが常だった。

そんな兄弟仲の良さを承知していればこそ、佐和は頼ろうと決めたのだ。

鉄砲洲に出る道すがら、佐和が語った一部始終を、範正は顔色ひとつ変えずに聞いてくれた。

警固役として、いざというときは将軍の盾となり、命に替えても護り抜くのを役目とする立場だけに、もとより度胸は据わっている。

それにしても、落ち着き払ったままなのが解せない。

兄が何の前触れもなく旗本屋敷に、それも悪評の絶えぬ矢部左近衛将監定謙の許に走り、勘定所勤めを投げ出してでも仕えたいと言っているのに、なぜ怒りもせずにいられるのか。

矢部家は五百石取り。百五十俵取りの笠井家とは格が違うが、千石以上の名家に比べれば、大身とも呼べるまい。半蔵が平勘定の職を辞し、当主の立場を捨て去ってまで身を寄せるほどの値打ちが、一体どこにあるというのか。

どうか半蔵の軽挙を諫《いさ》め、定謙にもきちんと筋を通した上で、矢部家から連れ戻してもらいたい。

佐和は先程から範正にそう頼み込み、答えを待っていた。

頼もしい義弟にならば、できるはずである。

範正も分家とはいえ村垣の姓を継ぎ、一家を成して久しい立場。微禄であっても将軍の側近くに仕え、家慶公の信頼も厚い身だった。

御先手鉄砲頭あがりで猛々しい矢部家の当主が相手でも、引けは取るまい。

そんな期待を裏腹に、範正は海を眺めているばかり。

さすがに佐和も焦《じ》れて来た。

二歳上とはいえ、相手は義理の弟。

こちらから頼みごとをしておいて急《せ》かすのは無礼だろうが、日も暮れてきたというのに、いつまでも海辺にたたずんではいられない。

「あの……」

「やっぱり海はいいもんですねぇ、義姉さん」

佐和の言葉をさえぎり、範正は目を細めた。

都鳥が飛びゆく様を見やりながら、のんびりした口調でつぶやく。

「気分がいいとね、つい独り言も多くなっちまうんですよ」

笠井家の将来はもとより、血を分けた兄のことさえ案じているとは考えがたい素振りである。思わず佐和が柳眉《りゅうび》を吊り上げたのも無理はあるまい。

「範正殿」

「まぁ、ちょいと黙っておくんなさい」

美しい義姉が気色《けしき》ばむのをよそに、ふっと範正は微笑む。

「腕が立つってのは考えもんです。とりわけ兄上みたいに、根っから人がいい奴は目立っちゃいけねぇ」

「え?」

「それも腕前を見せた相手が悪いやな。梶野土佐守様っていや、好々爺《こうこうや》みてぇな顔《つら》ぁしていなさるが、元は御庭番でも指折りの知恵者《しゃ》ですしね」

「お奉行様が、何とされたのですか」

「独り言にいちいち口を挟むもんじゃありませんよ、義姉さん。誰かに聞かれた日にや、碌なことになりませんぜ」

さりげない一言で佐和を黙らせると、範正は続けて言った。

「御庭番にもいろんなのがいるもんでね、うちの祖父《じい》さまみてぇに強ぇ上に頭も切れるお人がいりゃ、腕はからっきしでも見る目は極めつきってのもいる。土佐守様は、さしずめ見取りの玄人《くろうと》でさ。ご登城するとこを襲われて大手の御門内に泡ぁ食って逃げ込んだと見せかけといて、助けに入った兄上が五人相手に大立ち回りしてんのを、余さず見届けたってんだから大《てぇ》したもんさね」

義弟が滔々《とうとう》と語る言葉に、佐和は無言で耳を傾けていた。

江戸前の空は、夕陽に紅《あか》く染まっている。

「人には向き不向きってもんがあるでしょう、義姉上」

その空を見上げたまま、範正は声を低めてつぶやく。

「畏れ多くも上様をお護り申し上げてる俺が言うのも何だが、攻めるより受けに回ったほうが強ぇ兄上は、警固役にゃ打ってつけだ。天然理心流の三術を遣える上に、祖父《じい》さま仕込みの早足《はやあし》まで身に付けてるとなりゃ、誰だって側に置いときてぇはずですよ。何かと危ねぇ目に遭ってなさる左近衛将監様にしてみりゃ、尚のこってさ。無理を承知で土佐守様に話を付けて、兄上を召し出すぐれぇのことはしなさるでしょうよ……」

範正が独り言を装《よそお》って明かしたのは、十年も一緒に暮らしていながら知らずにいたことばかりだった。

たしかに、これほどの人材ならば誰もが獲得したがるはずである。

半蔵は、自らの意志で勘定所勤めを投げ出したわけではない。

矢部定謙は勘定奉行の梶野良材に掛け合い、強《し》いて半蔵を家中の士に加えようとしているのだ。

今や老中首座となった水野忠邦を筆頭に政敵が数多く、公の場に限らず私的な振る舞いも粗暴なために旗本仲間からも嫌われがちな定謙ならば、そのぐらいの無理は平気で押し通すであろう。

だが、なぜ良材は許したのか。

総勢で優に百名の平勘定の一人とはいえ、半蔵は大事な配下のはずだ。

同じ旗本でも若年寄や町奉行ならばともかく、無役に等しい閑職の小普請支配でしかない定謙が所望したからといって、あっさりと引き渡すだろうか。

いずれにしても、わざわざ使いの者を寄越してまで、佐和に偽りを告げたのは間違いない。

一体、良材は半蔵をどう扱うつもりなのか。

「あの……」

続きを促す佐和に答えず、範正はおもむろに着流しの裾をはしょった。

色白ながら筋骨たくましい腿を剝き出しにし、軽く助走を付けて跳ぶ。

二間《けん》ほどの距離を一気に縮め、降り立ったのは海を眺めながら煙管《キセル》をふかしていた漁師の傍らだった。

「明日も漁に出るんだろ。まだ帰《けえ》らなくてもいいのかい？」

「へぇ、そろそろ戻るつもりでさ」

雁首《がんくび》を向けた先は、佃島と行き来する船の渡し場。

洗いざらしの筒袖から突き出た腕は赤銅色《しゃくどういろ》。

頰被りに隠れた顔形までは見て取れないが、全身から匂い立つ潮の香の濃さで判じるに、紛れもなく本業の漁師のはず。

「そうなのかい。一服してるとこを邪魔しちまって、すまなかったなぁ」

はしょった裾を直しながら、範正は若い漁師に微笑み返す。

しかし、目までは笑っていない。

太い眉を緩めていても、凛とした瞳は凄《すご》みのある光を帯びていた。

「ところでお前さん、どうして首筋だけ生《なま》っ白《ちろ》いんだい」

「何を言いなさるんで？」

「ほら、いま隠したじゃねぇか」

とぼけた様子で漁師が首にやった手を、そっと範正は押さえ込む。

「祭りで水をぶっかけられながら神輿《みこし》を一日担ぐだけでもよ、ひりつくぐれぇに焼けちまうのが首筋さね。海に毎日《めぇにち》漕ぎ出てザブザブ波をかぶってりゃ、その腕みてぇに黒くなるはずだぜ。今度っから覚えておきねぇ」

漁師は黙り込んだまま、身動きが取れずにいる。

範正はさりげなく指をからめて、利き手の関節を極《き》めたのだ。変装と見破りながらも、なぜか正体を暴《あば》こうとまではせずにいた。

「何となされましたのか、範正殿？」

「大した話じゃありませんよ、義姉さん。お江戸広しといえども、祭りんときに神輿を海ん中まで舁《か》き入れんのは住吉《すみよし》の明神様《みょうじんさま》ぐれぇだって自慢話を、ちょいと聞かせてもらってただけでさ」

訳が分からぬまま歩み寄ってきた佐和に微笑みを投げかけながら、範正は男の手を離す。

男が日焼けを装うために塗っていた鍋墨《なべずみ》が付いたのを、何食わぬ顔で払い落とすのも忘れなかった。

「日が暮れちまうと帰りが危ねぇでしょう。送りますよ、義姉さん」

「ご心配には及びませぬ。辻駕籠を頼みます故」

「いけませんぜ、そいつぁ」

佐和を先に立てて海辺から遠ざかりつつ、範正は聞こえよがしにうそぶいた。

「笠井の佐和さんって言や大名旗本は言うに及ばず、畏れ多くも大御所様までご執心しなすったってぇ天下の別嬪《べっぴん》さんだ。そんなお人が義理でも姉上ってことになりゃ、俺も目が離せねぇ。兄上が留守だからって、妙な真似を仕掛ける奴がいやがったら容赦はしません。さっそく、今夜から張り番をしますぜ」

「まぁ」

「いいからいいから、早いとこ参りやしょうぜ」

当惑する兄嫁の手を引いて、範正は歩き去る。

聞こえよがしの言葉も、わざと送る素振りを見せたのも、駿河台の屋敷を出た佐和を尾行《びこう》し、鉄砲洲で範正と話し込んでいるのを見て漁師になりすました男――下勘定所で梶野良材の手足となって働き、偽りの言伝をもたらした、お付きの小者に対する警告だった。

半蔵が良材に影御用を命じられていたことも、定謙に見込まれて矢部邸に召し出されたことも、そして佐和の身が危うくなりかねないことまで、範正は委細を承知していたのだ。

二月の初めに大手御門前で良材が襲われ、半蔵が助けた一件に図らずも関わりを持って以来、範正は密かに調べを進めてきた。

兄の半蔵については、心配ではあるが放っておくより他にない。

血を分けた間柄とはいえ、あちらは年嵩。

範正のように人は斬るのには慣れていなくても、刃引きを振るえば水際立った腕前を発揮できる。

南町奉行の座を巡って、誰がどのようにつながっているのかについては、自分で気づいてもらうより他にあるまい。

それよりも、放っておけないのは佐和だ。

半蔵が始末される羽目になれば、彼女にも危険が及ぶ。

兄が戻るまでは、自分が護ってやらねばなるまい。

もとより、範正は妻を持つ身。

まして兄嫁に対し、下心など最初から抱いてもいない。

それでも、佳人を護るとなれば自ずと心は弾む。

「範正殿……」

佐和が恥ずかしげに呼びかけてきた。

「どうしました、義姉さん？」

「お手を」

「ああ、すみません」

握ったままでいた左手を、範正はそーっと離す。

何とも柔らかな感触だった。

白魚《しらうお》のような指を持つ女人とは、まさに佐和のことであろう。

つくづく、兄には過ぎた妻であった。

夕焼け空が暗さを増していくと、波音も妙に大きく聞こえる。

闇を恐れる人の本能が、そう感じさせるのだろう。

だが、その男は波の音など意に介していなかった。

「おのれ……」

海辺に取り残された小者は、頬被りの下で悔しげに唇を噛み締める。

だが、範正に手向かうわけにはいかない。

小十人組は将軍の身辺を警固する上で、御庭番衆との連携を密にしている。

その小十人組の精鋭に対して下手に噛み付けば、下忍とはいえ公儀に逆らって逐電した、生きている限りは許されざる身であるのが露見しかねない。

一応は見逃してくれたのに、逆上してはなるまい。

範正が本気を出し、捕らえられてしまっては、これまでの苦労が水の泡だ。

御庭番あがりの梶野良材に庇護《ひご》され、勘定奉行付きの小者になりすました若き抜け忍の名は孫七《まごしち》、二十二歳。

八代将軍の吉宗公が紀州忍群を基にして御庭番を組織させた当時から、末端に属してきた下忍の末裔《まつえい》である。

孫七はふだんは小者として目立たぬように振る舞いながら、半蔵が影御用を手抜かりなくこなしているかどうかを、密かに監視する任を担ってきた。

本職の忍びの子孫となれば、それなりに心得のある半蔵が気づかずにいたのも無理はない。

そんな役目も半蔵が矢部邸に引っ張られたのを機に終わり、次は佐和の監視を良材から命じられた孫七だったが、範正では相手が悪い。

あの男を敵に回すのは、小十人組全体と戦うことを意味する。

もとより結束の強い組に在《あ》って、範正は自他共に認める精鋭。

腕の程は、孫七も重々承知している。

小十人組だけでも手に余るのに、御庭番衆まで乗り出してくれば、とても太刀打ちなどできるまい。

かくなる上は良材に謹んで進言し、もしも隙が見出せれば話は別だが、できるだけ佐和には手を出さぬようにするしかあるまい。

範正の放つ殺気がようやく遠ざかったのを感じ取り、孫七は速やかに海辺から離れていく。

陽が沈みきる前に、変装を解いた姿は鉄砲洲の雑踏に消えていた。

五

それから範正は日に二度、朝夕に駿河台の屋敷を見廻るのを日課とした。良材に伝わると見越し、孫七に言い放ったとおりの行動を取ったのである。

不寝番で城中にとどまらざるを得ないときは組の仲間に頼み、代わりに警戒をしてもらうことも忘れない。

その甲斐あって佐和は何事もなく日を重ね、四月を迎えても無事でいた。

「ご気分はどうですかい、義姉さん」

「おかげさまで、塞《ふさ》ぐこともありませぬ……」

徹夜明けの足で屋敷に寄った義弟を見返し、佐和は微笑む。

「時に範正殿、だいぶお髭《ひげ》が濃いようですね」

「ああ、宿直《とのい》の後はこんなもんです」

「よろしければ、ちと剃って差し上げましょう」

「そんな、構わねぇでください」

「いいから、いいから」

「そうですかい」

明るく笑いかけられ、範正も満更ではない。

直参も陪臣も、現役の間は外泊を禁じられている。

矢部定謙のように吉原へ繰り出したり、妾の許に通ったりする不届き者も皆無とは言えないが、妻が怖い範正はむろん違う。

従って笠井家に泊まりがけで来たことは無く、半蔵が毎朝の如く、剃刀負けを作っていたのを知らなかった。

そして佐和は夫の世話をできない日が続き、腕が鈍《なま》るのを案じ始めた頃。義弟の髭顔を見て、これ幸いとばかりに腕慣らしをする気だった。

当人は結髪も髭剃りも器用にこなせるつもりでいるだけに、始末が悪い。

剣を交える相手の力量はすぐに見切れる範正も、佐和に限っては盲目だった。

程なく、縁側に悲鳴が響き渡る。

「痛ぇ！　痛いですよ、義姉さんっ」

「じっとしていなされ」

剃刀を動かす佐和の顔は真剣そのもの。半蔵がいつも黙って耐えるのも、当人が大真面目でやってくれていればこそなのだ。

（何をやっているのだ、あやつ……）

庭先に身を潜めて見張っていた孫七は、笑いをこらえるのに一苦労。

七方出《しちほうで》と呼ばれる変装術を用いることなく、今日は素顔のままで気配を抑えて忍んでいる。

二十歳そこそこにしては老け込んだ顔だが、浮かぶ笑みは明るい。

虚仮《こけ》にされた憂さを、まさか佐和が晴らしてくれるとは思わなかった。

それにしても、佐和は不思議な女人である。

際立った美貌の持ち主なのに、一挙一動が妙に可笑《おか》しい。

子どものような愛らしさ、と言ってもいいだろう。

佐和を娶《めと》った半蔵は、つくづく恵まれた男である。

半蔵をうらやましく思うばかりの孫七は、佐和が癇癪持ちなのを知らない。敵である範正と同様に、うわべの魅力しか見出せてはいなかった。

佐和は安心して接することのできる相手にしか、素顔を見せぬ女人である。

その相手とは、無二の夫。

半蔵と一緒にいなくては、彼女も本領を発揮できない。

明るく振る舞っているようでいながら、佐和は日々不安であった。

いつになったら、半蔵は帰ってきてくれるのか。

このまま久しく矢部邸に留め置かれ、勘定所に復職しないばかりか、笠井の家にも戻らぬのではあるまいか。

不安を覚えるほどに、快活さを装《よそお》わずにはいられない。

表向きの明るさは、内面の葛藤《かっとう》の裏返しなのだ。

兄と瓜二つの顔を傷だらけにされて痛がる範正も、思わず役目を忘れて佐和に見惚《みと》れる孫七も、そんなことなど思いもよらない。

そして佐和の愛する夫も、妻の寂しさに想いを馳《は》せることができずにいた。

六

どのような形であれ、居候《いそうろう》とは過ごしにくいものである。

しかし、下谷二長町の矢部邸に居着いた半蔵の場合、与えられたのは驚くほど快適な部屋だった。

板敷きの一室には張り替えたばかりの畳が敷き詰められ、湯茶はもとより半蔵は吸わない煙草《たばこ》の用意もされており、寝具は新品。

表門に連なる形で設けられた御長屋ではなく、母屋《おもや》に部屋をあてがわれただけでも十分な待遇なのに、何もかも行き届いている。

すべては半蔵を見込んだ、矢部定謙の心尽くしであった。

むろん、働きを期待すればこそのことである。

次の間に常に待機させるのは、いわば側近のようなもの。

定謙は子飼いの家士たちを差し置いて、くつろぐときも付き合わせた。

以前のように大酒を食らいながら、相手を強いたわけではない。

「さぁ、今宵も張り切って参ろうぞ！」

今日も定謙は機嫌がいい。

素面《しらふ》である。夜毎《よごと》に浴びるほど呑《の》んでいた酒をぷっつり止め、煙草もほとんど吸わなくなったので、このところ体臭もきつくない。

半蔵に命じることなく、自ら抱え上げた脇息をどんと前に置く。

くつろいで座るためではない。

「ほれ、早うせい」

「されば、失礼仕りまする」

半蔵を促して先に肘をつかせ、満を持して腕をまくる。

「構わぬか、笠井」

「ははっ」

「よーし、始めぃ！」

半蔵と腕相撲に興じる様は微笑ましい。

「うぬっ、なかなかやるの……」

「殿こそ、お強うございまする」

「おのれ、猪口才《ちょこざい》な」

「むむっ……」

「ほれ！」

五十過ぎとは思えぬ剛腕ぶりを発揮し、定謙は明るく笑う。

つい先頃まで荒れた暮らしを送っていたのとは、まるで別人だった。

かくも健《すこ》やかな毎日を過ごせるようになったのも、次の南町奉行になることが内定していればこそ。

もうじき念願の職に就けると思えば、立つ鳥跡を濁さずの心境に至ったとしてもうなずける。

これまでは嫌々やっていた小普請支配の役目——かつての定謙自身が経験したように前の役職を解任された者と面談し、自宅待機組と言うべき小普請入りの手続きを行うのも溌剌とこなしており、相手の旗本や御家人が元気づけられるほどの活力に満ちている。

そんな定謙の有り様を目にするうちに、次弟に半蔵は相手が悪人とは思えなくなりつつあった。

これまでの所業を振り返れば、とても正義漢とは言えるまい。

だが、根っからの悪党とも思えなかった。

たしかに、定謙の出世欲は並外れている。

とはいえ、無能なくせに高い地位を求める愚か者とは違った。

御先手組の鉄砲頭や弓頭ならば、誰もが火盗改の長官になれるわけではない。

また、腕さえ立てば通用するわけでもなかった。

凶悪犯を追い詰め、召し捕るための陣頭指揮にも頭は使うし、その後に就いた堺奉行や大坂西町奉行には刑事のみならず、町政を司《つかさど》る才覚も求められたはず。

勘定奉行となれば尚のこと、単なる荒くれでは通用するまい。

定謙は意外なほど、算勘にも秀でていた。

南町奉行所に着任する日を前にして酒ばかりか女色も慎む日々の中、半蔵とは眠くなるまで腕相撲にばかり興じていたわけではない。

「何、そのほうの奥は斯様な教え方をしておったのか？」

「恥ずかしながら、それがしが能無しにございますれば……」

「これ、己がことを悪しざまに言うておるばかりでは、伸びる力も伸びぬぞ」

「まことにございますか」

「当たり前じゃ。算学も武芸も、最初から諦《あきら》めておっては腕は上がるまいぞ」

「心得ました」

「されば今一度、やってみい」

そうやって自ら算盤を取り、分かりやすく手本を示してくれた。

教え導くつもりが一人で問題を解いてしまいがちな、佐和とは違う。

人にものを教えることに向いているのだ。

斯様な人物ならば、再起を見守ってもいいのではないか。

南町奉行の座に就くのを機に更生を期してくれるのならば助けたいし、支えにもなりたい。

半蔵はそこまで、定謙に肩入れするようになっていた。

されど、誰もが同じだったわけではない。

たとえ身近で変わり様を目にしても、無理だったろう。

定謙の出世欲に翻弄《ほんろう》され、失脚の憂き目を見た筒井政憲の周囲の人々にとっては尚のこと、許しがたい。

かつて「南町の鬼仏」と呼ばれ、まずは人を信じることから入るのを旨《むね》として生きてきた元吟味方与力も、半蔵の甘さを否定せざるを得なかった。

七

昼下がりの『笹のや』は空《す》いていた。

形だけ暖簾《のれん》を出していても、客がいなければ休憩時間。

梅吉は二階の板の間で、お駒は奥の小座敷で、それぞれがお気楽に昼寝を決め込むのが常である。

今日も夜の仕込みを済ませた後、例によって惰眠をむさぼっている。

そんなところに思わぬ来客が現れたのは、四月も半ばを過ぎた、麗《うら》らかな午後のひとときのことだった。

「ちょいと邪魔するぜぇ」

伝法な声で訪《おとな》いを入れながら、土間に壮年の男が立つ。

身の丈は五尺五寸ばかり。

背筋がすっと伸びており、脚も長め。

細面《ほそおもて》で、鼻梁《びりょう》が高い。

役者を思わせる、優美で端正な顔立ちをしている。それも荒事ではなく、和事の名手といった趣《おもむ》きだった。

刀は差さず、着流しの帯前に小脇差を帯びただけの隠居体でありながら、月代をきちんと剃っている。

髪は黒々していたが、目尻と口元には皺《しわ》も目立つ。

若さを残しながらも歳相応の貫禄を備えた、小粋な雰囲気の人物だった。

「おーい、いねぇのかい」

「はーい」

奥から聞こえてきたのは、お駒の寝ぼけ声。

眠い目をこすりながら下駄を突っかけ、土間に降りてくる。

風を入れずに寝入っていたので、襟足《えりあし》は寝汗だらけ。

あどけない娘のような立ち振る舞いを、男は微笑交じりに見守っていた。

「しばらくだったなぁ、お駒さんよ」

「え……」

お駒の寝ぼけ眼《まなこ》が見開かれる。

久方ぶりに耳にした声だった。

「元気そうで何よりだ。梅の野郎も達者なのかえ」

八丁堀風の伝法な口調で呼びかけてくる男の名は宇野幸内《うのこうない》、五十三歳。

奇《く》しくも同い歳の矢部定謙に幾度となく煮え湯を飲ませ、その野望を阻止してきた、南町奉行所の元吟味方与力である。

かつて一度はお駒を捕らえていながら見逃してやり、盗賊の足を洗って煮売屋を構えるように勧め、足りない元手を廻してやったのも、この男である。

お駒にとっては恩人だが、梅吉と二人で盗みを働いていた当時を知られているだけに、進んで会いたくはない相手。

とはいえ、足を運んでくれたのを追い返すわけにもいくまい。

「ど、どうぞ奥へおいでなさいまし」

「昼寝をしてたとこに、いいのかい」

「旦那さえよろしければ、あたしは別に……」

「いけねぇなぁ、嫁入り前のくせに」

「何をお言いです。あたしなんぞに、貰《もら》い手がいるわけないでしょ」

「まぁ、そういうことも考えたほうがいいってことさね」

優美な、少々近寄りがたい顔立ちをしていながら、幸内は気さくであった。

やり取りを耳にして降りてきた梅吉に対しても、そんな態度は変わらない。

「だ、旦那」

「しばらくだな、梅」

「ご、ご無沙汰しておりやす」

「ほんとだぜ。新大橋を渡りゃすぐなんだから、たまには顔ぁ見せろい」

「すみやせん」

気さくな態度に思わず笑みを誘われながらも、梅吉は警戒を怠っていない。

まさか幸内を相手に抜くつもりはなかったが、懐には短刀を忍ばせている。

お駒も同様だった。

光りものは持たぬ代わりに、単衣《ひとえ》の襟元に隠し持つのは鉤縄《かぎなわ》。

幸内が町方同心を連れていないとも限らぬからだ。

とにかく、様子を見なくてはなるまい。

「わざわざ上げてくれるにゃ及ばんぜ。ちょいと座らせてくんねぇ」

断りを入れた上で、幸内は土間の空き樽に腰を下ろす。

「ったく、歳は取りたくねぇもんだな。ほんの小半刻ばかり歩いただけで、膝が笑い始めちまわぁ」

「そんなことはないでしょ旦那、ヤットゥで鍛えなすったお体なのに」

「とんでもねぇやな……おっ、ありがとよ」

梅吉が汲んでくれた麦湯を受け取り、幸内は苦笑する。

「長いのを帯びるのが億劫《おっくう》で、ここんとこはこればっかりよ」

指し示したのは、帯前の小脇差。

「まぁ、お偉方なら用心棒でも連れてりゃいいんだろうが……そう、矢部駿河守《するがのかみ》みてえな野郎なら、な」

「何です、するがのかみって」

梅吉が首を傾げる。

「矢部だったら、さこんえのしょうげん、でござんしょう？」

「今度な、新しい受領名を頂戴するらしいぜ」

「それは出世したってことですか、旦那」

横からお駒が問うてくる。

童顔に険しい表情を浮かべている。

「そういうこった。南町のお奉行に……な」

淡々とつぶやきながら、幸内は麦湯を一口すする。

裏の井戸で冷やしているので、初夏の暑さしのぎには格別である。

だが、幸内の顔はほころんでいない。

優美な細面に浮かぶのは、名状しがたい怒りの色。

お駒と梅吉は黙ったまま寄り添い、続く言葉を待っている。

と、碗が音を立てて飯台に置かれた。

「お前さんがた、いつまで手をこまねいているつもりだい？」

「えっ」

「こんなこたぁ言いたかねぇが、やるんならスッパリ片ぁ付けろってんだよ」

告げる口調は、あくまで静かなものだった。

それでいて、二人を見返す視線は鋭い。

仇討ちを促しているのである。

人を信じることから入り、思い込みで善悪を決めつけぬことを第一に、幾多の罪人と向き合ってきた名与力も、今は怒りに我を忘れていた。

「旦那……」

「俺だってな、こんなこたぁ言いたくねぇやな……」

重ねて告げる口調は、怒りの中にも切なさを帯びている。

自分と同い歳のあの男――矢部左近衛将監改め駿河守定謙が、お駒の実の父親なのは承知の上。

娘に父親を殺せと勧めるなど、人として為すべきことではあるまい。

だが、そうせざるを得なかった。

鬼仏と呼ばれるほどの名与力だった幸内も、今やしがない隠居の身。

自嘲するほど衰えてはおらず、心身共に壮健で、御用繁多の合間を縫って若い頃から修行を重ねてきた、小野派一刀流の剣技もまだまだ強い。

されど、勝手に事を為すわけにはいかない。

御役を退いた役人は、ただの年寄りだ。

どれほど腕が立とうとも、ボケに負けることなく頭が冴えていようとも、悪を裁くわけにはいかない。

憎むべき定謙についても同様であった。

斬ってしまって事が済めば、我が身を捨ててもいい。

しかし、その後が問題となってしまう。

名与力と評判を取り、しかも鬼仏の異名を取るほどに正義と慈悲を貫いてきた幸内が、暗殺という手段を取れば大問題。

事は一個人とその縁者にとどまらず、かつて仕えた南町奉行——筒井政憲にも累が及んでしまう。

そして、ついに定謙は次の南町奉行になることが決まってしまった。

無役に等しい旗本だった頃でさえ手を出しかねたのに、今となってはどうにもなるまい。

己の信条に反すると承知の上で、幸内が『笹のや』に足を運んできたのは筋を通して定謙を裁く、唯一の手段に望みをつないでのことである。

仇討ちならば、刃を向ける理由となるからだ。

次の南町奉行と決まった定謙を亡き者にしても公儀への反逆とはならず、因縁《いんねん》の決着と見なされる。

とはいえ武家と武家の決着ではなく、血を分けた父と娘の間での決闘となれば正式な赦免状は受けられない。

強いて行わざるを得ないわけだが、たとえお駒が罪に問われようとも情状酌量はされるはず。筒井政憲が現職に返り咲けば、公儀の沙汰にも口出しをすることができるからだ。

それに助太刀としてならば、幸内も手を貸せる。

お駒と梅吉が返り討ちにされぬよう、援護することもできるのだ。

されど、当人同士を抜きにして事は成り立たない。

定謙とお駒。皮肉な宿命の父と娘が、お互いに、命のやり取りをするつもりにならなくては、何も始まらぬのだ。

酷なことなのは、幸内とて百も承知。

されど、他に打つ手はないのである。

「やっぱり無理なのかい、お駒さんよぉ」

「…………」

苦渋の表情を浮かべていたのは、幸内だけとは違う。

お駒も、そして梅吉も、揃って苦い顔になっていた。

南町奉行の座を巡る暗闘は、昨日今日に始まったことではない。

昨年の夏頃から、水面下では静かな戦いが続いていたのである。

矢部定謙が、そして鳥居耀蔵が、南町奉行を失脚させる格好の糸口として目を付けたのは、五年前の天保七年（一八三六）に飢饉《ききん》で米価が高騰したとき、幕府が江戸の民に放出する御救米《おすくいまい》の買い付けを任された南町奉行所に、不正があったのではないかという疑惑。

しかし、買い付けの現場を仕切った年番方与力の仁杉五郎左衛門は、実際には公金の横領などしていない。

御救米の調達を任せた商人たちの落ち度をかばうために手を尽くし、何百両かの差損を隠蔽《いんぺい》してやっただけの話なのだ。

だが、そんな温情など知ったことではない。

定謙は五郎左衛門の独断を悪事と見なし、その責任を南町奉行に取らせようと目論んだのである。

明らかに、言いがかりだった。

にも拘わらず、老中首座の水野忠邦は定謙を一切咎めず、ついに政憲に取って代わって、南町奉行となることを許すに至ったのだ。

かねてより嫌って止まずにいたはずの定謙の出世を認め、町奉行所でも上格の南町を任せると決めたのである。

二人の因縁を知る、他の幕閣の面々が驚いたのも当然のこと。

だが、すべては抜かりなく、算盤を弾いた上での人事である。

去る四月十六日、忠邦によって三人の幕臣が罷免された。

若年寄の林忠英《はやしただふさ》。

御側御用取次《おそばごようとりつぎ》の水野忠篤《ただあつ》。

小納戸頭取《こなんどとうどり》の美濃部茂育《みのべもちなる》。

いずれも亡き家斉公に取り入り、権力をほしいままにしていた輩である。

忠邦は幕政改革の断行に先駆けて、対立派を一掃したのだ。

そして定謙も、いずれは同じ末路をたどることになる。

忠邦はわざと出世させた上で、頃を見計らって失脚させるつもりなのだ。

忠邦が計画したのは定謙を南町奉行として憎まれ役に仕立て上げ、庶民の憎悪を一身に集めさせることだった。

名奉行として人気が高かった筒井政憲に取って代われば、それだけでも定謙は世間の怒りを買う。

これから倹約令が徹底され、幕政改革がより強硬に推し進められれば、庶民は怒りのやり場を求めるはず。

定謙を憎悪の的に仕立て上げれば、自分への不満を逸《そ》らすことができる。

忠邦は斯様に考え、敢えて南町奉行の座に就かせてやったのだ。

もとより定謙が人の恨みを買いやすいことも、忠邦は計算に入れていた。

あの男は、碌なことをしでかさない。

放っておいても問題を起こし、忠邦ばかりか将軍の怒りまで買って、自滅するに違いあるまい。

いずれにせよ、まずは町奉行になってもらわなくてはならない。

そんな思惑もあればこそ忠邦は腹心の梶野良材に密かに命じ、南町奉行として着任するまで生かしておくため、影の警固をさせていたのだ。

当の警固役である半蔵は、上つ方の思惑など与《あずか》り知らない。

定謙の更生は本物と認め、このまま側近くに仕えていたいと、今や本気で考え始めていたのだった。

第四章　走れ半蔵

一

天保十二年（一八四一）の四月も末に至っていた。

今日は四月二十六日。陽暦で六月十五日に当たる。

梅雨《つゆ》入りした江戸の空は、今日も曇天。

自ずと気分も沈みがちな季節だが、下谷二長町の矢部邸では、奉公人の誰もがそれぞれの務めに張り切っていた。

母屋の勝手口では板前あがりの中間が、盤台《ばんだい》に並ぶ魚を物色中。ふだんは下女任せの台所に顔を出し、出入りの魚屋としきりにやり合っていた。

「鯛《たい》も平目《ひらめ》も小せえな。もうちっと、様子がいいのはねぇのかい」

「勘弁してくだせぇよ。どっちも旬を過ぎてるんですから」

「だからってよぉ、殿様のめでてぇ前祝いにこんなもんが出せるもんかい。小鯛を折り詰めにして差し上げようってんじゃねぇんだぜ」

「しょうがねぇなぁ。だったら、とっときのをお出ししましょう」

うるさい中間に音《ね》を上げて、魚屋が盤台の底からつかみ出したのは、黒と銀の縞目も見事な一尺物の石鯛。

関東では梅雨入りと同時に旬を過ぎる真鯛に代わり、持ち前の美味にいよいよ磨きのかかる、磯魚の王者である。

厳密に言えば鯛とは違う魚だが、矢部定謙は磯の香りも濃厚な刺身はもとより皮とわたを塩水で洗い、軽くあぶって刻んだのを、生姜《しょうが》やわかめと一緒に和《あ》えたなますも好んで食する。

「こいつぁいいや。うちの殿様も喜びなさるだろうぜ」

到来物の一尾を前にして、小太りの中間はにんまり。

「よく手に入《へぇ》ったもんだな。さすがは魚辰《うおたつ》さんだぜぇ」

「褒《ほ》めてくだすってもまかりませんよ」

「ちっ、だめなのかい」

「当たり前ですよ。お祝いの支度《したく》を値切るのは、無粋ってもんでしょうに」

「だったら石鯛は言い値で買うから、そっちの尾頭《おかしらつ》付きをまけときな」

「尾頭付きって、この鰯《いわし》ですかい？」

「それそれ」

あるじに供する高価な一尾に続き、自分たち奉公人のおかずを選び始めた中間の後方では、下女たちが夕餉の膳の下ごしらえを始めていた。

先に中間が選んでおいた車海老《くるまえび》が、笊《ざる》に山と盛られている。

魚屋が背わたを除いてくれたので、後は付け焼きにされるのを待つばかり。

脇に置かれた竹の子とさや豆は、煮物の材料。

若竹が皮を脱ぐ時期となり、春の味わいもそろそろ終わり。

汁の実は茗荷《みょうが》の根から生える若茎で、その名も茗荷竹。

いずれも目が飛び出るほど高くはないが、それなりに値が張る。

奉公人の食事についても同様だった。

今宵のおかずは鰯の塩焼きに、焼き茄子《なす》と青唐辛子の盛り合わせ。

安価な青魚とはいえ、他の旗本屋敷であれば頻繁《ひんぱん》に食べられはしない。

朝に炊《た》いた飯の残りに菜っ葉の味噌汁と漬け物を添え、せいぜい芋《いも》の煮っころがしでもあれば上出来といったところだが、このところ矢部邸では朝も夜も費えを惜しまない。

あるじの定謙が無意味な散財をするのを控え、屋敷の奉公人たちにできるだけ満足のいく待遇を与えるように心がけているからだ。

朝餉も夕餉も一汁二菜とし、夜には酒を一合ずつ。

下戸《げこ》と女の奉公人には、まんじゅうが食後に配られる。

いずれも贅沢と呼ぶには慎ましい部類だったが、もしも老中首座の水野忠邦がこの場に居合わせれば神経質な細面に朱を注ぎ、これより町奉行の要職に就く身で何をしているのかと、口髭を振るわせて激怒するだろう。

そんな為政者《いせいしゃ》の考えはどうであれ、下つ方には日々の癒しが必要だ。

矢部定謙は左様に考え、まずは屋敷の奉公人たちを、できるだけ手厚く遇することを実践し始めていた。

江戸市中すべての民に恩恵を施《ほどこ》すとなれば幾らあっても足りまいが、南町奉行となった暁《あかつき》には過去の確執を水に流し、北町奉行の遠山景元とも手を携えて、不景気と倹約令に苦しむ町人たちのために力を尽くす所存だった。

二

その夜、定謙は久々の酒を堪能した。

半蔵が自腹を割《さ》いて、武州の蔵元から取り寄せた地酒である。

灘《なだ》の生一本《きいっぽん》とまではいかないが腰の強い、それでいて果実を思わせる爽やかさを兼ね備えた味わいに、定謙は目を細めずにはいられない。

「まこと、五臓六腑に染み渡るの……」

陶然とつぶやきながら、定謙は半蔵に杯《さかずき》を寄越す。

「そのほうの酒じゃ。遠慮せずに、尽くすが良いぞ」

「恐れ入りまする」

半蔵は謹んで酌を受ける。こちらも久方ぶりの酒だった。

懐かしさも加われば、尚のこと感慨深い。

矢部邸で寝起きし始めて以来、早くも一月余りが経っていた。

定謙の在宅中は隣室で常に警戒を怠らず、外出の折は供の家士たちから離れて通りすがりの浪人を装い、人知れず警固の任に当たる陰供を務めてきた。

夜道で待ち伏せていて半蔵に撃退された浪岡晋助のように、命まで狙ってくる者はいなかったが、嫌がらせも排除するためには力が要る。

つくづく、定謙には敵が多い。

生まれつき豪胆で物怖《ものお》じするのを知らず、相手が誰であろうと言いたいことを言わずにいられぬ性格が災いし、これまでに買った恨みは少なくなかった。

黙っていても偉そうに見えてしまう、いかつい面構《つらがま》えと体格も、周囲から誤解を招きやすい一因だった。

難癖をつけてくるのは矢部家と同格か、やや格上の旗本が多い。

登城の一行が鉢合わせする大手御門前で、追い抜くと見せかけて乗物をわざとぶつけさせたり、供の侍や中間をけしかけて、小競り合いを仕掛けてくる。

腹立たしいことだが、斬れぬ刃引きでも往来で抜くわけにはいかない。

ならば、素手で懲らしめてやればいい。

半蔵は揉め事が起きそうになるたびに駆け寄り、ぶつかってくる乗物は目測を誤らせて転倒させ、矢部家の一行に喧嘩《けんか》を売ってくる供侍や中間は柔術の関節技ですれ違いざまに腕をねじり上げ、足払いで転ばせてやった。

こちらの家士たちが同じ真似をすれば大事だが、通りすがりの浪人者を装った半蔵が一瞬のうちに蹴散らして逃げてしまうからどうにもならないし、さすがに相手も刀までは抜けなかった。江戸城の虎口《こぐち》であり、旗本ばかりか大名も登城中に乗物と供の者を待機させておく大手御門前で刃傷沙汰《にんじょうざた》に及べば、仕掛けた側がきつく処罰されてしまうからだ。

勘定奉行の梶野良材が刺客に襲撃された一件以来、御門前の警備は厳しい。

元はと言えば、あの一件は血迷っていた頃の定謙が引き起こしたもの。

今度はその定謙を護るために、同じ場所で戦うとは皮肉なことだが、半蔵は苦にしなかった。

格式ある南町奉行に任じられれば、くだらぬ揉め事も自ずと減るはず。

もっとも、人から恨みを買いやすい定謙自身にも落ち度はある。

一日も早く、真の在り様を天下に示してほしい。

何とも待ち遠しい限りだった。

奮戦の甲斐あって、定謙は明後日から南町奉行。

翌々日は昼までに登城して将軍に拝謁し、正式に任命を受けた上で、午後からは数寄屋橋御門内の南町奉行所に、初出仕の運びとなるのだ。

町奉行の座に就きさえすれば、二度と喧嘩など売られまい。官位も上がり、従五位《じゅごいの》下《げ》となるからだ。五万石以下の大名に匹敵する、高い位である。

実際の石高は矢部家代々の家禄五百石に加え、町奉行の役高三千石を授かっても三千五百石にしかならないが、江戸市中の刑事と民政を司る立場は、それほど格式が高いのだ。

礼装は、大紋《だいもん》と風折烏帽子《かざおりえぼし》。

五節句には、板熨斗目《いたのしめ》に長裃《ながかみしも》。

式日に城中で列席する場所は芙蓉之間《ふようのま》。席次は寺社奉行の下、勘定奉行の上ということになる。

ふだんの登城で着けるのは従来どおりの麻裃だが、将軍の供をして京に上るときには俗に赤蜻蛉《あかとんぼ》と称される衣冠と束帯を着け、衛府太刀《えふのたち》を佩《は》く。

新しい衣装はすべて揃い、官位を授かる見返りとして朝廷へ献上する、六十両も調達済みである。

正式な官名と別に通称として用いる受領名《ずりょうめい》も、今後は駿河守。

何もかも新たにし、満を持して出直すのだ。

後は心静かに過ごしながら日を数え、明後日が訪れるのを待つのみ。

念願の南町奉行の座を目前に、定謙はすっきりした顔になっていた。

「そのほうにも雑作《ぞうさ》をかけたの、笠井」

「恐れ入りまする」

労いの言葉に礼を返し、半蔵は注《つ》がれた酒を干す。

「うむ、うむ」

見守る定謙の視線は優しい。

「まこと、感謝の至りじゃ」

嬉しげに目を細め、語る口調も柔らかかった。

初めての影御用で半蔵が矢部邸を訪れ、目《ま》の当たりにした自堕落《じだらく》な雰囲気は今や残っていない。世を拗ねていた男は、完全に快活さを取り戻していた。

「どうぞ、左近衛将監様」

「阿呆《あほ》、その名は返上したわ」

半蔵の酌を受けながら、定謙は苦笑した。

「も、申し訳ありませぬ」

「良い良い……されど、向後は覚えておくがいい」

半蔵がこぼした酒を進んで拭きつつ、うそぶく口調も明るい。

「これより儂は駿河守じゃ。かの今川義元《いまがわよしもと》が治めし、駿州の守になるのだぞ」

「駿河と申さば、畏れながら権現様であらせられるのではございませぬか？」

「左様に申すな。儂は幼き頃より軍記が三度の飯より好きでな」

定謙は豪気に笑って言った。

「そも、海道一の弓取りと呼ばれておったのは徳川の御家に非ず。後の天下人を虜《とりこ》にし、東海の地に覇を敷いた義元公ぞ」

「されど、滅びましたぞ」

「致し方のなきことだ。下克上は乱世の習いだからの」

異を唱えられても、定謙は怒らない。

半蔵に信頼を預けていればこそ、いちいち声を荒らげぬのだ。

「人は散りし後に名を残す、か。願わくば、儂も斯《か》くありたいものよ」

「散り際まで義元公を見習われるはお止めくだされ、左近……いえ、駿河守様」

「分かっておる。二度と慢心はいたさぬ故、もそっと注いでくれ」

「どうぞ、ご存分に」

「うむ」

溢《あふ》れんばかりに注がせた酒をぐいと干し、定謙は言った。

「のう、笠井」

「はっ」

「そのほう、内《うち》与力になってはくれぬか」

「拙者が……にございますか？」

「金井《かない》と共に皆を束ね、儂を助《す》けてくれ」

内与力とは新任の町奉行に人事が一任された、私設秘書官のこと。

前任の奉行から引き継がされる与力とは別に、旧来の家臣の中から優秀な者を十名までを選び、側近くに置いたのである。

定謙は家士頭の金井権兵衛《ごんべえ》らに加えて、半蔵を内与力にしたいと望んだのだ。

「そのほうが承知となれば、土佐守殿には儂が話を付ける。どうじゃ」

「もったいなき限りにございまする」

平伏する半蔵は、思いがけぬ申し出を早々に受ける気となっている。

だが、定謙は即答を求めなかった。

望ましい人材として望みながらも以前と異なり、強いて言うことを聞かせずに考える時間を与えたのだ。

「返答は明日で構わぬ。内儀《ないぎ》とも語り合うて、思案せい」

「帰宅いたしても構わぬのですか？」

「長らく手数をかけて、すまなかったのう」

驚く半蔵に目礼し、定謙は懐紙の包みを取り出す。

「少ないが、当夜まで付き合わせし礼じゃ。たしか、日に一分であったの」

「いえ、それはお奉行と交わせし約定にございますれば……」

半蔵は当惑せずにはいられない。

一月余りの日々を、途中から苦にしなくなっていたからである。

たしかに、最初は影御用を果たすために足を運んだ場所だった。

梶野良材の言うことを聞かなければ、笠井の家が危うくなる。そう思えばこそ万苦を忍んで赴き、定謙の側近くに仕えたのだ。

しかし、今や違う。

半蔵は心底から、定謙を信頼に値する人物と見なしていた。

良くも悪くも我が強い、危うさを孕んだところもたしかに有る。

されど、曲がった性根の持ち主とは違う。

町奉行の職にも、揺るぎない信念を持って取り組むつもりでいるのだ。

佐和さえ承知してくれるのならば勘定所勤めを辞し、内与力となって側近くで長らく仕えたい。

とはいえ、今日までの報酬など受け取るつもりはなかった。

「失礼ながら、謹んでご返納いたしまする」

「そう申さずに、取っておけい」

「されど……」

「手が重い。早うせい」

「ははっ」

やむなく半蔵が受け取った、懐紙の包みは分厚い。

冗談かと思いきや、たしかに重たい。

日に一分で三十四日と計算すれば、八両二分。

寸志を足してくれたとしても、せいぜい十両のはずだった。

ところが、定謙が小用に立つのを待って数えたところ、寄越された包みには二十枚もの小判がくるんである。

過分な手当は、一個人としての謝意を込めたものと見なしていい。

以前の定謙ならば自腹を割いて礼金を用意するどころか、どうせ金は梶野良材が出してくれるのだから知ったことではない、無料ほど安いものはないとばかりに半蔵を使役したことだろう。

しかし、今は違う。

矢部定謙は立ち直ったのだ。

出世街道から外されて本来の自分を見失い、愚かさを示して止まずにいた男は念願の職を得たことにより、昔日の有り様を取り戻したのだ。

側近くで働き、矢部家に長年仕える人々から聞いたところ、定謙は世間で言われるほど悪辣《あくらつ》な真似をしていなかった。

たしかに火付盗賊改の長官時代に自ら陣頭に立ち、暴力には暴力で、悪知恵に対しては謀略で立ち向かい、数々の悪党を冥土《めいど》に送ったのは事実である。

されど、すべては揺るぎない信念の下に為したこと。

大坂西町奉行だった当時に交友した大塩平八郎の行動に疑念を覚え、公儀に対する謀反《むほん》の可能性を予期して袂《たもと》を分かったのも、幕臣の立場を重んじればこその選択だった。

とはいえ、お駒にとって仇なのも事実である。

情を交わした女中の面倒を見きれずに、屋敷から追い出したのは、男として無責任な限りと言うしかない。

火盗改の役目として夜嵐の鬼吉を叩っ斬ったのはともかく、その女房になっていたお駒の母親まで自害に至らしめた以上、報いも受けねばなるまい。

だが、今の半蔵は定謙に肩入れしたい気持ちが強い。

血を分けた父娘の間で殺し合いなどさせたくないという、以前から考えていたことに加え、一人の男として矢部定謙に惚れ込んでしまったのだ。

内与力になれば、お駒とは敵対せざるを得なくなる。

それもまた、半蔵にとっては避けたいことであった。

何とか説得し、仇討ちを諦めさせよう。

その前に佐和と語らい、これまで隠してきた経緯についても余さず明かした上で詫《わ》びを入れ、定謙に仕えたいと頼み込もう。

思いを巡らせる半蔵は、迂闊にも気を散らせていた。

厠《かわや》に立った定謙が忍んでいた曲者《くせもの》に口を塞がれ、そのまま屋敷の外へ連れ出されてしまったことに気づかずにいたのであった。

それは望外な話に陶然とする半蔵のみならず、家中一同の気が緩んでいる隙を突いた犯行だった。

当の定謙も油断し、警戒を怠っていた。

久方ぶりに呑んだ酒の効き目で長い放尿を促され、用を足し終えてホッとした瞬間に、厠へ踏み込まれたのだ。

いつもの定謙ならば、容易に捕らえられはしなかったはず。助けを呼ぶまでもなく負けじと暴れ、敬愛する今川義元が桶狭間《おけはざま》の戦いで討たれる寸前にそうしたと伝えられるとおり、自分を組み伏せた敵の指を噛みちぎってでも反撃を試みたことだろう。

されど、事を為した一味は手練だった。

本職の盗っ人さながらの黒装束で矢部邸に忍び込んで待ち伏せ、抵抗する隙を与えることなく、みおぞちへの一撃で悶絶させたのは宇野幸内。

侵入の先達となり、番士たちの警戒を出し抜いたのはお駒。

駕籠かきを装って屋敷の裏で待機し、塀越しに受け取った定謙の身柄を速やかに運んで逃走した二人組は梅吉と、一月前に襲撃を半蔵に阻まれた、天然理心流の若い浪人――浪岡晋助であった。

連携が取れた一味の仕業《しわざ》に、矢部邸の人々は完全にしてやられたのだ。

厠から戻らぬのを気にして半蔵が様子を見に立ち、縁側から中庭、そして警戒が手薄な屋敷の裏手へと続く複数の足跡を見出し、小用に立った定謙の身に異変が起きたと気づいたときには、もう遅い。

男たちが総出で繰り出し、必死になって捜し回った。

しかし、満足な追跡は叶わない。

限られた人数である上に、屋敷で異変が起きたと知られぬためには、声も足音も忍ばせて行動せざるを得なかったからである。

声を大にして奔走し、隣近所の大名や旗本にも急を知らせて協力を頼んだ上で目付の鳥居耀蔵に要請していれば、早々に足取りをつかむことができていたかもしれない。

だが、これは表沙汰にはできない事態だった。

今日は四月二十七日。

そして、明日は晴れの二十八日である。

このままでは江戸城中で町奉行の職を拝命するのも、南町奉行所に初の出仕をするのも叶わなくなってしまう。

着任を目前にして賊の侵入を許し、連れ去られるとは前代未聞の不祥事だ。

水野忠邦ら幕閣の面々から定謙は不心得者と見なされるだろうし、将軍の家慶公の不興まで買ってしまえば、矢部家の存続も危《あや》ぶまれる。

今からでも事を表沙汰にし、次善の策を講じるか。

それとも今日一日に賭けて、身内だけで何としても捜し出すべきか。

いずれにしても、最悪の事態と言うより他にない。

夜が明けて屋敷に戻っていく家中の男たちは、揃って暗澹《あんたん》たる思いだった。

家士はもとより若党も中間も昨夜までの浮かれっぷりから一転し、すぐに次の行動を起こす気力も出せぬまま、誰もが暗く打ち沈んでいた。

「くっ……」

昇る朝日を見上げ、半蔵は己の迂闊さを悔いるばかり。

何事も起きていなければ嬉しく拝めたはずの日の出も、今は焦りを募らせる源にしかならなかった。

しかし、悔いてばかりでは意味がない。

だっと半蔵は駆け出した。

足取りも重く潜りかけた矢部邸の門に背を向けて、猛然と走り出したのだ。

「笠井殿？」

家士頭の金井権兵衛が慌てた声を上げても、半蔵は振り向かなかった。

こうなったのは、自分に責がある。

定謙を連れて帰るまでは戻るまい。

浅黒い顔を引き締めて、そう心に決めていた。

三

かくして半蔵が決意を固め、早朝の江戸の町を奔走し始めたのと同じ頃。

連れ去られた矢部定謙は、思わぬ人物の前で目を覚ましていた。

「お目覚めかの、駿河守殿」

「お、おぬしは……」

定謙は信じがたい様子で上体を起こす。

着衣は昨夜のままだが、きちんと布団に寝かされている。

「手荒なやり方でお連れしてしもうて、相済まぬの」

静かな口調で告げたのは、瘦身《そうしん》の老武士。

瘦せている上に上品な細面なので華奢な印象を与えるが、両の目は老いても力強く、炯々《けいけい》とした輝きを失ってはいない。

筒井伊賀守政憲、六十四歳。

今日を限りで解任される、南町奉行である。

「これは如何なる次第なのか、伊賀守！」

「まずは落ち着いて、明日までゆるりと過ごされよ」

「明日まで……とな？」

「左様」

「うぬ、馬鹿を申すな」

定謙は声を荒らげる。

「儂は上様より御下命を賜《たまわ》り、数寄屋橋に着到せねばならぬ身ぞ！　斯様な処《ところ》で時を費やしてなどおられるか!!」

「ならば、安堵なされ」

「え？」

「ここは数寄屋橋の御門内。貴公が望みし町奉行の役宅ぞ」

「何……」

思わず言葉を失う定謙を、政憲は静かに見返す。

二人が向き合っているのは掃除の行き届いた、広い座敷。

畳には塵《ちり》ひとつ落ちてはいないが、奇妙なことに調度品が何も無い。

定謙を寝かせていた寝具一式があるだけで、文机も脇息も見当たらない。床の間からは刀架と掛け軸も運び去られていた。

他の部屋も同様で、無人の空間には障子越しの朝日が燦々《さんさん》と射すばかり。

ここは南町奉行所の奥に設けられた、奉行の官舎。

かつての配下だった宇野幸内が拉致《らち》した政敵の身柄を、政憲は南町奉行所内の役宅に運び込ませていたのである。

明日は引き渡すことになるため、家族はすでに退去させた後。

政憲は一人だけ居残り、失神した定謙に自ら付き添っていたのだ。

定謙のために布団を敷いてやった座敷は着任以来、二十年間のほとんどを過ごした表居間。町奉行として執務する用部屋を兼ねており、月に三度ほど北町奉行を招いて、内寄合《ないよりあい》を行う座敷とも隣接している。

廊下の先には台所と茶の間、家族の部屋や湯殿もある。

どこも抜かりなく掃除が済ませてあり、新たに入居する一家が当日から快適に使える状態になっていた。

しかし、一日早く招かれた定謙に喜びの色はない。

今や驚きよりも、怒りが先に立っていた。

この状況を考えれば、政憲が黒幕であるのは明白。

着任を目前にした定謙を拉致し、連れて来させた先が事もあろうに南町奉行所とは皮肉にも程がある。

「おのれ、伊賀守!!」

上掛けの夜着を撥《は》ね除《の》け、定謙は跳《と》び起きる。

しかし、政憲につかみかかることは叶わなかった。

障子が開け放たれるや、一団の男が雪崩《なだれ》を打って座敷内に突入する。

昨夜の拉致を実行した、幸内らではない。

廻方同心のようにくだけた装いではなく、折り目正しく羽織袴を着けた面々は政憲に仕える家士から抜擢され、秘書官として働いてきた内与力たち。

「は、放せい」

暴れる定謙を、十名の内与力は無言で押さえ込む。

捕物御用に専従する立場でもないのに、手慣れている。

町奉行所で働く上は必要な心得と一人一人が自覚し、寸暇《すんか》を見つけて捕縛術の稽古を積んできているのだ。定謙が信奉する今川義元を相手に不覚を取った毛利新助《もうりしんすけ》の如くに噛みつかれるどころか、髷をつかまれることもなかった。

たちまちのうちに、定謙は身動きを封じられてしまった。

両腕をねじり上げられ、背中に膝を押し当てられている。

捕物であれば、速やかに縄を打たれていただろう。

だが、政憲は捕縛まで命じはしない。

「皆、それ以上の無礼があってはなるまいぞ。駿河守殿をお放しせい」

「ははっ」

謹んで答えるや、内与力たちは定謙から手を離す。

がっくりと座り込む様を、政憲は淡々と見返すばかり。

激情した相手を解放させても、身の危険などまったく感じていない。

廊下に出た十名の内与力は敷居の向こうに並んで座し、じっと視線をこちらに向けたままでいる。政憲の下知《げじ》があれば再び座敷に突入し、抵抗を封じるつもりなのである。

命じる政憲も命じられる面々も、余裕を持って定謙と向き合っていた。

火盗改あがりの猛者であろうと、今や恐れるには値しない。

必要となれば、いつでも押さえ込める。

無言のうちに、そんな意志を示していたのだ。

押さえ込まれたままでいるよりも、よほど恥ずかしい扱いと言えよう。

相手にも余裕がなければ、こちらの動きを封じたままでいるはず。

しかし、政憲と内与力たちは違う。

定謙を弱者と見なし、抵抗など無駄なことと言わんばかりだった。

腕に覚えがあるつもりだった定謙にしてみれば口惜しい限りだが、相手が多勢の上に拉致されて疲弊した体では、とても立ち向かえはしない。

「おのれ……」

定謙は悔しげに唇を噛み締める。

だが、恥辱の扱いはまだ終わっていなかった。

「さ、立ちませい」

座り込んだままでいる定謙に、政憲は一言告げる。

「これより表にご案内いたす。参られよ」

「何と申す？」

「貴公が望みし職場にお連れ申す。早う立つがいい」

告げる口調は、あくまで淡々としていた。

政憲は奥の役宅に対して「表」と呼ばれ、配下の与力と同心が執務する役所へ定謙を連れ出すつもりなのだ。

新任の南町奉行として、正式に紹介するわけではない。不相応な立場を望み、策を弄して自分の職を奪った男を晒し者にしてやろうというのである。

腹心の内与力たちは、すでに委細を承知の上。

「お連れせい」

政憲が一言命じるや、再び座敷内に踏み入る。

「は、放せ！」

暴れるのを構わずに定謙を無理やり立たせ、連行していく。

折しも他の与力と同心が三々五々、出仕してくる時分であった。

それぞれの用部屋に入っていた一同は、廊下を引きずられていく定謙の無様な姿を目にして唖然とする。

だが、誰も助けようとはしない。

「おい、あれは新しいお奉行じゃねぇか？」

「まさか。あんな間抜け顔《づら》の奉行がいるもんかい」

「そりゃそうだ。あれは内与力様がたの座興だろうぜ」

「違いねぇや。はははは」

伝法な口調で言い合う声が飛び交うのは、廻方同心たちが詰める用部屋。明日から上役として着任するはずの人物が体面も何も無く、引き回されるのを目の当たりにしたところで、誰も信じるはずがなかった。他の用部屋に詰める与力と同心も誰一人として、相手が新任の奉行とは思いもせずにいる。

「儂は矢部駿河守定謙であるぞ！　誰かある！　早う、助けぬかっ」

懸命の叫びも通じはしない。

くつろいだ私服の着流し姿、しかも屋敷から拉致されたときのままの汗と埃で汚れきった姿では、新たに得た高い官位も、駿河守の権威も役には立たぬ。

辱めを受ける定謙を奉行所内に取り残し、政憲は粛々と出仕していく。

今日は南町奉行として、最後の登城日だった。

しかし、新任の者がいなくなれば話は変わる。

十中八九、政憲は再任されることになるだろう。

何も権力の座に執着し、そうなるのを望むわけではない。

愚者に明け渡すのを潔《いさぎよ》しとしなければこそ、事を起こさせたのだ。

定謙に残された時間は一日のみ。

明日の登城に間に合わなければ、将軍の不興を買うのは必定《ひつじょう》。

南町奉行への就任が白紙に戻されるのはもとより、家名の存続まで危《あや》ぶまれるのは目に見えていた。

それに、あの男にどのみち明日は無い。

しかるべき理由で、命を取られるのだ。

夜が更けた後、政憲は仇討ちの場に立ち会うことになっている。

日付が変わるまで、南町奉行の権限は自分にある。

その権限を、しかるべく活用するのだ。

これは過日に宇野幸内に召し連れられてきて、面談に及んだお駒との約束。

あの男に辱めを与え、南町奉行所がふさわしい職場に非ざることを思い知らせたかった政憲の願いを叶えてくれた以上、こちらも報いてやらねばなるまい。

ともあれ、今は謹んで登城し、最後の一日らしく振る舞うのみ。

乗物に揺られ、政憲の一行は大手御門へ向かっていく。

遠ざかって行くのを、一人の同心が見送っていた。

痩せぎすの、貧相な顔立ちをした男だった。

お世辞にも貫禄があるとは言いがたいが、この男、南町奉行所の廻方を束ねる筆頭同心である。

男の名は堀口六左衛門《ほりぐちろくざえもん》。

用部屋から密かに抜け出したのを、内与力たちは迂闊にも気づいていない。

「えらいことになったの……い、急がねば……」

白髪の目立つ小銀杏髷を揺らし、あたふたと駆け去る六左衛門の背中を明るい陽光が照らしている。

今はまだ、雨が降り出す気配はなかった。

四

すでに陽は高い。

「はぁ……はぁ……」

汗だくになって大川端を駆けていた半蔵が、おもむろに立ち止まった。

半蔵は凜とした瞳を見開き、広い川面《かわも》に目を向けたまま思案する。

この大河の左右に開けた、大江戸八百八町は広い。

焦ってばかりでは、どうにもなるまい。

表沙汰にはできぬ以上、探索の手が明らかに足りないのだ。

矢部邸の人々が引き続き総出で頑張ったところで、見当違いの動きをしていては無駄に時が過ぎるばかりである。

このままでは、いけない。

落ち着いて頭を巡らせ、まずは敵の狙いを突き止めるのだ。

半蔵には大きな疑問があった。

なぜ、曲者は何の要求もしないのか。

金目当てならば、しかるべき知らせが疾うに来ているはず。

しかし、矢部邸に脅迫の文めいたものは一切届いていない。

うら若い美女ならばともかく、壮年の男を連れ去った目的が金品以外にあるとすれば、恨みを抱いての犯行としか考えられない。

忍び込んだ現場で殺害することもできたはずなのに、敢えて生かしたまま連れ去ったのは、よほど痛め付けたいからなのだろう。

ひと思いに殺してしまうのでは、生ぬるい。

苦しみを与えてやってからでなくては、引導など渡すまい。

思い当たる相手は、三人いる。

そのうちの二人は、言うまでもなくお駒と梅吉。

半蔵が矢部邸に身を寄せたのを裏切りと見なし、勝手に事を起こしたとしても無理はあるまい。

大川に背を向けて、だっと半蔵は駆け出す。

川風に代わって吹き寄せるのは、梅雨入りに付きものの黒南風《くろはえ》。

晴れていた空も雲に覆われ、そろそろひと雨来そうだった。

曇天の下、半蔵が駆け行く先は呉服橋。

案の定、店は休みだった。

表の戸は閉じられたままで、暖簾は出ていない。

半蔵は人目を避けて裏口に廻り、心張り棒が掛かっているのを確かめる。

中から戸締まりがしてあって人の気配がしない以上、お駒と梅吉は昨夜のうちに屋根から表に出たと見なしていい。

近所で聞き込んでみたところ、昨日まで『笹のや』はふつうに商いをしていたとのことだった。

半蔵が無沙汰をしている間に店を畳んだのではなく、世間を欺く隠れ蓑として煮売屋を続けていたのは間違いあるまい。

そんな二人が急に店を休み、しかも半蔵以外は知らない屋根の抜け穴を使って忍び出たまま戻っていないということは、後ろ暗い理由があるはずだ。

半蔵は今一人、事に加担する動機を持つ者を知っていた。

（浪岡晋助……）

あの若い浪人も、何らかの恨みを抱いて定謙を狙った身。

師こそ違えど同門の誼《よしみ》で一度は見逃し、あれから試衛館にも足を運ばずにいた半蔵だったが、斯くなる上はためらってはいられまい。

踵《きびす》を返し、牛込御門を目指して駆ける。

午前のうちは、試衛館で稽古をしているはずである。

必要となれば道場主の近藤周助にも同席してもらった上で真偽を確かめなくてはなるまい。

市谷に至った半蔵は、柳町の坂上に建つ道場へ向かって急ぐ。

打ち続く竹刀の響きが近付いてきた頃、背に向かって呼びかける声がした。

「お待ち願おうか、笠井殿」

「……浪岡か」

きっと半蔵は視線を返す。

「いずれ訪ね参ると思うたが、早かったな」

「何……」

「宇野のご隠居が申されたとおり、おぬしはやはり侮れぬ……されど、これより先は手を出させぬぞ」

不敵にうそぶく晋助は、稽古着姿のままで一刀を帯びている。

半蔵が疑念を抱き、調べに来るのを予期しての備えであった。

道場に乗り込まれる前に動きを封じ、これより先の探索も阻むつもりなのだ。

覚悟を決めて行く手を塞ぐ、晋助の口調はふてぶてしい。

「南の奉行が誰になろうと、おぬしの知ったことではあるまい」

「おのれ、何を言うか」

「どのみち矢部に明日はない……不相応な役目を望みし愚か者がしかるべき末路をたどったと思うて、諦めることだ」

「殿を愚弄するは許さぬ！」

語気も鋭く、半蔵は一喝する。

しかし、晋助は動じない。

「あやつが奉行の器に非ざるのを、側近くで見ていて分からぬか」

「殿は立派な御方であるぞ。ただ、少々愚直に過ぎるだけのことだっ」

「それは、おぬしが周りから言われておるのと同じことだろう？」

晋助はたまらずに苦笑した。

「それに先程から殿、殿とは何事か。笠井半蔵ともあろう者が、奸佞に心酔するとは情けなきことだ」

「黙れっ」

「されば、どうあっても邪魔立ていたすのか……」

晋助の目が細くなる。

言葉を交わしながら立ち位置を替え、坂の上に立っていた。

折しも人通りは絶えている。

晋助は無言で鯉口を切った。

「く！」

白昼の路上に金属音が上がると同時に、半蔵の口から呻きが漏れる。

晋助が鞘を払うと同時に、こちらも刀身を抜き上げていた。

技量はともかく、打ち込みの力強さは侮れない。

合わせた刀身をぎりぎりと押しつけてきながら、晋助は言った。

「俺が何故に矢部を憎むか、おぬしに分かるか」

「如何《いか》なることだ……申せっ」

答える半蔵の息は荒い。

昨夜から駆け通しに駆けていて、食事はもとより水も碌に飲んでいない。過日の対決と違って、押されるばかりなのも無理からぬことであった。

半蔵を圧倒しつつ、晋助は告げてくる。

「矢部の妾は、元は俺と恋仲だったのだ」

「何……」

「所帯を持つ約束も交わしておった。堀口の親父殿に仲を裂かれ、保身の道具にされてしまうまでは、な……」

憂いを帯びた声を出していれば、刀に込められる力も自ずとゆるむ。

ここは反撃の好機だった。

「おぬしとて、奥方が同じ目に遭わされれば黙っておるまい?」

「黙れっ！」

半蔵は、ぎゃりんと刃引きを打《ぶ》っ外《ぱず》す。

気持ちは分かるが、今は同情してなどいられない。

時は刻々と過ぎている。

速やかに晋助を打ち倒し、口を割らせなければならない。

まだ、定謙が囚《とら》われた場所さえ定かではないのだ。

しかし、今は敵の若さが脅威だった。

「ヤッ！」

「エイ！」

鋭く気合いをぶつけ合い、二人の得物が激突する。

疲弊した半蔵は、分が悪い。

晋助ぐらいの頃には屁でもなかったはずの徹夜も、五体の動きを鈍らせている一因だった。

このままでは、劣勢が続くばかりである。

しかも、晋助は定謙に恨み骨髄《こつずい》。

その定謙に味方する限り、半蔵は怨敵の片割れと見なされる。

同じ流派の剣を学んだ仲であろうと、容赦はするまい。

「どうあっても邪魔立てするならば、足の一本も頂戴するぞ」

言い放つや、晋助は刀を振りかぶる。

刹那、その長身がよろめいた。

背後から忍び寄りざまに手刀《しゅとう》を浴びせたのは、総髪の小柄な男。

傍らに放り出した荷物から察するに、泊まりがけで出向いた多摩郡から戻ったばかりであるらしい。

日に焼けていて人のよさそうな顔立ちをしていながら、黒目がちの双眸は鋭い光を帯びている。

「やることなすことに修行が足りねぇぜ、馬鹿野郎が」

悶絶した晋助に伝法な口調で毒づきながら、男は汗まみれの半蔵を見返す。

「怪我ぁねぇかい、半蔵さん」

「せ、先生……」

「どういう次第か知らねぇが、これでも俺の可愛い弟子なんでな。申し訳ねぇが勘弁してくんな」

半蔵に向かって頭を下げる男の名は近藤周助、五十歳。

ここ柳町に試衛館を構える、天然理心流の三代宗家であった。

五

暫時の後、半蔵は柳町を後にした。

晋助の身柄は周助に預け、明日一杯は表に出さぬように頼んできた。

『人ってのはややこしいもんだなぁ、半蔵さん』

裏の住まいに半蔵を案内し、昨夜からの一部始終を黙って聞いた周助は、しみじみと嘆じたものだった。

『上つ方のことをとやかく言えた義理じゃねぇが、矢部……ああ、駿河守さんって言いなさるのかい……は気の毒なお人だな。俺がかわいそうって言うのもおこがましいだろうがよ、やることなすことが裏目に出ちまったみてぇだな』

そのつぶやきは梶野良材が影御用を半蔵に命じてきたとき、口にしたのと同じことだった。

今にして思えば、裏があったようにも感じられる。

だが、自身も苦労人である周助の言葉は、実感に満ちていた。

半蔵に対する配慮も、行き届いたものだった。

助太刀まではできかねるが、晋助が暴走しないように身柄を抑えておくと約束した上で、こんなことまで言ってくれた。

『お前さん、事が済んだら勘定所に戻ったほうが良くはないかね』

『えっ』

『夫婦は違うだろうがよ、男で似たもん同士ってのは、一緒にいたところで辛い目に遭うばかりだぜ』

『されば先生、殿は拙者のことを……』

『そうだよ。どっか手前に似てると思えばこそ、引っ張ろうとしたんじゃねぇのかい』

『それが、よろしくはないのですか?』

『当たり前さね』

『何故です』

『決まってらぁな。一緒にいて楽だし、甘えちまえるからだよ』

『甘え……』

『いいかい半蔵さん、人の集まりってもんは、似通った奴ばかりじゃ碌なことになりゃしねぇ。調子づいているときはいいが、落ち目になったときにゃみんなで揃っておだぶつになっちまう。上で束ねる奴も下に付いてくるもんも、な』

『では、拙者が殿にお仕えしては……』

『もうだめだってことになったときに、引導を渡してくれって言われちまうかもしれねぇよ。おぬしにならば斬られても構わぬなんて言い種《ぐさ》をよ、敬《うやま》ってるお人の口から聞きたくはねぇだろ？』

『……はい』

『だったらお助けした上で、袂を分かったほうがいいぜ。まぁ、ちょいちょい陰で手を貸してやるぐれぇはいいと思うけどな』

『このまま土佐守様……勘定奉行の下に身を置いて、それが叶いましょうか』

『そいつぁお前さんの裁量次第だろうさ。とにかく、今は駿河守さんを助け出すことだけを考えな』

『はい』

『浪岡の野郎は任せておきねぇ。仕置きがてら、納戸に閉じ込めとくからよ』

そう言って、半蔵を送り出してくれたのである。

やはり人の上に立つ身は、物の見方も違うものだ。

周助から言われるまで、半蔵は定謙との関係を快《こころよ》く思っていた。

愚直なあるじに仕えたほうが、自分は伸びる。

斯様に思えばこそ、内与力にと誘われて心も動いたのだ。

だが、そう上手くはいかないらしい。

それに人は進退がきわまったときにこそ、本領が出るものである。

出世街道から外れていた頃の定謙は、浅ましい限りの男だった。

あれこそが本領なのだとは、思いたくもない。

矢部定謙とは、どこまでやれるのか。

お駒が仇討ちを期して事に加担し、刃を向けるのであれば、どのように応じるのかも見極めねばなるまい。

半蔵は先を急ぐ。

試衛館を後にして、向かう先は宇野幸内の隠居所。

図らずも晋助が口にした「宇野」の一言を、聞き逃してはいなかったのだ。

幸内は南町奉行所の元与力。

しかも定謙とは、かねてより水面下で争ってきた身である。

大胆にも屋敷から連れ出し、何処《いずこ》とも知れぬ場所に隠す芸当も、あの切れ者ならば容易《たやす》いはず。

晋助どころではない強敵だが、対決するより他にあるまい。

だが、またしても半蔵は行く手を阻まれてしまった。

再び大川端まで取って返し、新大橋を渡ろうとしたところで、目の前に大きな男が立ちはだかる。

「お待ちなせぇまし、坊ちゃん」

「おぬし……」

行く手を塞いだ巨軀を見て、半蔵は絶句した。

「申し訳ありやせんが、こっから先はお通しできやせん」

川風を背に受けて立つ男は六尺近い巨軀の持ち主でも、髪は半ば白い。

腕も足も際立って太いが、仁王像を思わせる顔には深い皺が刻まれていた。

政吉、六十一歳。

村垣家の元中間で、半蔵と弟の範正にとっては幼い頃から馴染《なじ》んだ仲。

されど、定謙の南町奉行就任を阻む手助けをするならば、気の毒でも打ち倒すより他にない。

「退《ひ》いてくれぬか、おぬし」

「すみやせん」

「昔馴染みの俺が言うても、聞く耳を持たぬ所存なのか」

「ご勘弁くだせぇまし」

「左様か……」

意を決した半蔵は、腰の大小に手をかける。

鞘ぐるみのまま刃引きを土手に置き、脇差も同様にする。

丸腰の相手に、得物は向けたくない。継子《まま こ》扱いをされていた頃の頼もしい味方だったのを思い起こせば尚のこと、傷つけたくはなかった。

できるだけ早く、落とすのみ。

「参るぞ」

告げると同時に、だっと半蔵は飛びかかる。

体格はほぼ互角であっても、今度は半蔵に若さがある。

晋助に追い込まれる不覚を取ったときとは、状況が逆なのだ。

しかし、駆け通しで疲労した体はまだ回復していない。

速やかに締め落とすどころか、逆に追い込まれる始末だった。

「ほんとにすみやせんが、勘弁しておくんなさいよ」

耳元で申し訳なさそうに告げつつ、政吉は半蔵をさば折りで締め上げる。

「ぐうっ……」

苦悶《くもん》の声を上げながらも、半蔵は負けじと押し返す。

剣術修行で鍛えた足腰はたくましい。

両腕を封じられていても、持ち前の気組を以てすれば負けはしない。

政吉はじりじりと押されていく。

このままでは二人もろとも土手から転げ落ち、大川に落ちてしまう。

「くそったれ、悪あがきもいい加減にしやがれい！」

政吉が怒声を上げた。

たまらずに腕を離し、後ろ腰の十手を握る。

町奉行が与力と同心に与える官給品とは異なり、房が付いていないために坊主十手と呼ばれる代物だ。

外見が貧相でも、手の内を利かせて打ち込む術さえ心得ていれば、発揮される威力は同じ。まして老いても剛腕の政吉ならば、一撃で骨まで砕けるはずだ。

昔馴染みの半蔵が相手でも、怒っていては手加減などしてくれまい。

だが、抜くことは叶わなかった。

「止《よ》しなよ、とっつあん」

いつの間に、土手に現れたのか。

村垣範正は政吉の背後に立ち、静かな口調で語りかけていた。

「十手《そいつ》を抜いたら、お前は嘘つきってことになっちまうぜ」

「と、殿様……」

「どんなに喧嘩で負けていても、丸腰の奴を棒でぶん殴るのは卑怯者《ひきょうもの》。がきの頃の俺をそう言ってぶっ飛ばしたのは政吉、お前さんなのだぜ」

「………」

「ほら、兄上もそのぐれぇにしておきな」

時の氏神になってくれた範正は、たまたま来合わせたわけではない。

矢部邸の様子がおかしいのに気づいたのか、それとも屋敷内の誰かがこっそり知らせたのか、すでに公儀の手の者が動き始めていたのである。

行動を開始したのは、鳥居耀蔵配下の御小人目付《おこびとめつけ》たち。

その胡乱《うろん》な動向を察知した御庭番衆から内々に報告を受け、範正は宿直明けの疲れも厭《いと》わずに、取り急ぎ下城したのだ。

小十人組の一員としては、事件に首を突っ込む必要はない。

何事も兄の半蔵に、ひいては佐和に危機が及ぶのを防ぐためだった。

下谷の矢部邸に赴いたところ半蔵はおらず、捜して歩くうちに、大川土手での乱闘に出くわしたのだ。

政吉と昔馴染みなのは、範正も同じこと。

背後から打ち倒そうと思えば簡単だったにも拘わらず、昔話を持ち出すことで争うのを止めさせたのだ。

とはいえ、半蔵だけを助けるつもりだったわけではない。

政吉のことも、これ以上は事に関わらせぬつもりだった。

「言っとくがな、俺ぁどっちの味方をするつもりもねぇよ」

「範正……」

「このまんま話がこじれたら、奉行が誰になろうが南町の連中はみんな御役御免にされちまうぜ。永《なが》の暇《いとま》を出されるぐれぇならまだいいけどよ、下手したら腹ぁ切らされるかもしれねぇよ」

「そいつぁほんとですかい、殿様」

政吉が慌てた声を上げる。

「矢部の野郎がいなくなりゃ、今のお奉行がそのまんまってことで丸く収まるんじゃねぇですか？」

「お前さん、本気でそう思ってたのかえ」

「違うんですかい」

「そんなに都合よく考えてくれるもんじゃねぇのさ、上つ方ってのはな……」

呆れた顔になりながら、範正は空を見上げる。

昼を過ぎた空はにわかに掻き曇り、今にも降り出しそうだった。

六

政吉に背負われて、半蔵が戻った先は駿河台。

勾配《こうばい》が続く道をものともせず、赤ん坊の頃にそうしていたように背中に乗せて連れ帰ってくれたのだ。

「お前さま!?」

「いま戻ったぞ……」

玄関に出てきた佐和を、半蔵は恥ずかしげに見返す。

重ね重ね情けないことだが、今は体調を整えるのが先決だ。

範正は再び下谷に取って返し、矢部邸の人々と共に探索をしてくれる段取りとなっていた。

今の半蔵に必要なのは疲労困憊した体を回復させ、今宵のうちに定謙の身柄を取り戻す算段を付けること。

「風呂はわっちが沸かしますんで、奥方様は坊ちゃんをお頼みいたしやす」

政吉は気を利かせ、中間に案内されて屋敷の裏手に回る。

二人の女中は取り急ぎ、食事の支度を始めていた。

「立てまするか、お前さま」

「すまぬ」

佐和の肩を借り、半蔵はよろめきながら立ち上がる。

支えてもらって歩くなど、夫婦になってから初めてのことだった。

「存外に重いのですね」

「すまぬ」

「斯様に謝らずともよろしいのですよ」

「すまぬ……」

言葉少なのやり取りが、なぜか心地いい半蔵だった。

それから暮れ六つ（午後六時）まで、半蔵は深い眠りの中にいた。

その間に、範正は定謙の居場所を突き止めてきた。

「矢部の野郎は数寄屋橋にいるんですかい、殿様？」

「そういうこった。どんだけ捜したところで見つからねぇはずさね」

眠り込んだままでいる半蔵を起こさぬように気遣いつつ、範正と政吉は小声で言葉を交わす。

一方の佐和は半蔵の枕元に黙って座り、団扇《うちわ》で煽《あお》いでやっている。

夫の寝顔を見守るばかりで、範正たちに余計な口は挟まない。

すでに範正から影御用のことを聞かされた以上、何があっても驚きはしない。

こたびの決着に半蔵を送り出すことについても、気丈に腹を括《くく》っていた。

範正と政吉のやり取りは続いている。

「南の同心で堀口六左衛門ってのを知ってるかい、とっつあん」

「へい。仁杉様の下で働いていなすったお方でさ」

「するってぇと、御救米の一件にも嚙んでたのか」

「宇野の旦那から、そううかがっておりやす」

「言ってみりゃ、仁杉さんの片腕みてぇなもんなんだろ」

「へい」

「そんな恩義があるくせに鳥居とつながってるたぁ、呆れたもんだぜ」

矢部定謙の妾は、六左衛門の娘である。

愛娘《まなむすめ》を差し出したのは、いずれ定謙が出世するのを見越してのことだった。

その六左衛門が、御小人目付と内通していたのである。

情報をもたらしてくれたのは、密告の現場を目撃した御庭番。

どうして矢部邸に走らず、鳥居耀蔵の配下と会うのか。

子細はどうあれ、疑わしい。

南町奉行所は一枚岩の如く結束しているわけではなく。裏切り者は六左衛門の他にいるのかもしれなかった。

「仁杉はどっち方だと思うね、とっつあん」

「どっちって、何のことです」

「矢部がいいのか、それとも今のまんま、伊賀守に奉行でいてほしいのかどうかってことさね」

「そりゃ、今のお奉行がよろしいに決まっておりやしょう」

「だけどよ、今日は風邪で休みを取ってるそうだぜ。伊賀守が一世一代の大博打《おおばくち》を打つってぇのに、手を貸さねぇとはどういうこったい?」

「そいつぁ……」

範正の問いかけに答えきれず、政吉は困った顔になった。

岡っ引きは役人ではなく、同心が個人で抱えているだけの存在。町奉行所への出入りは許されておらず、抱え主以外の同心とは付き合いも少ない。

それでも政吉が割と南町奉行所の内情を把握できているのは、現役当時の宇野幸内を通じて面識を持っていればこそ。

その南町で奉行に次ぐ存在の年番方与力を務める仁杉五郎左衛門は、見習いの頃から幸内と親しい仲である。

彼がどう動くのかを、範正は注目していた。

むろん、今日限りで罷免される奉行のことも気にかかる。

筒井政憲と仁杉五郎左衛門。

この二人の動きを見張っていれば、どう始末をつけるのか分かるはず。

範正は斯様に考え、御庭番衆に張り込みを引き続き頼んであった。

拉致したまま、身柄をいつまでも奉行所内に置いておけるはずはない。

内与力以外の連中は誰一人、本物の矢部定謙とは思っていないらしい。

しかし堀口六左衛門からの密告で、すでに鳥居耀蔵は現状を承知している。

政憲がその裏切りに気づいていないとしても、長いこと定謙を留め置いたままにしておくとは考えがたい。

明日の登城に間に合わず、下谷の屋敷に戻っていない事実が発覚すれば、幕府は速やかに定謙の行方を捜させるはず。

実は政憲が拉致の黒幕だったとなれば、南町奉行に再任されるどころか重い罪に問われることだろう。

他の場所に身柄を移すにせよ、ひと思いに亡き者にしてしまうにせよ、今夜のうちに動き出すと見なしていい。

日はもうすぐ暮れる。

ただでさえ曇天で薄暗い中、座敷には夕闇が迫りつつある。

そろそろ半蔵にも目を覚ましてもらわねばなるまい。

「起きなよ、兄さん」

範正は半蔵ににじり寄ろうとする。

と、横から伸びてきた佐和の手が遮《さえぎ》った。

「今少し、寝かせて差し上げましょう」

告げる口調は柔らかい。

いつものきつさは何処《どこ》へやら、すぅすぅ安らかな寝息を立てている半蔵の顔を目を細めて見守っていた。

七

その頃、目付の鳥居耀蔵は配下たちの報告を聞くに及んでいた。

「して、あやつは生きておるのか」

「手ひどく辱められた由にございますが、命までは別状ないかと」

「ならば良い。引き続き、目配りを怠るでないぞ」

報告に来た御小人目付を下がらせ、耀蔵は縁側に立つ。

折しも一日の勤めを終えて下城し、座敷でくつろいでいたところだった。

一面の曇り空を見上げる顔には、取り立てて特徴がない。

私服の着流し姿は中肉中背。地味で目立たぬ外見だった。

されど、この鳥居耀蔵は老中首座の懐刀として、幕閣さえも恐れる存在。

落ち着きぶりも大したものだった。

日頃から何事にも動じずにいるのは、何であれ事が大きくなる前に処理する術《すべ》に長《た》けていればこそ。

こたびの件についても、まったく慌てていない。

今一人の当事者も同様だった。

「梶野土佐守様がお越しにございます」

「丁重にお通しせい」

玄関番の若党が知らせてきたのにうなずき返し、耀蔵は座敷に戻る。

自らの手で障子をきっちり閉じ、上座に脇息を用意する。

程なく、廊下を渡る足音が聞こえてきた。

「御免」

「お入りくだされ」

良材を上座に着かせ、耀蔵は正面に膝を揃えた。

「急なことで雑作をかけたらしいの」

「何ほどのこともありませぬ」

労いの言葉に目礼を返し、耀蔵は問うた。

「土佐守様、どこまで始末を付けまするか」

「どこまで、とは？」

怪訝《けげん》な表情を浮かべる良材は、まだ事件の詳細が把握できていなかった。

昨夜半に矢部定謙が何者かに連れ去られ、その行方を取り急ぎ追っているとの報告のみを耀蔵の使いからもたらされ、一日の勤めが終わるまで気を揉みながら過ごしていたのである。

むろん、水野忠邦ら幕閣の耳には入れていない。

後押しした以上、体面というものがあるからだ。

明日は何があっても定謙を登城させた上で、南町奉行所にも初出仕させなくてはならない。

その点は心配ないとの耀蔵の伝言だったが、何故に「始末」を「どこまで」付けるかと問うてくるのか。

訳が分からぬまま、良材は言った。

「あやつの身柄さえ取り返せば、それで構わぬ。むろん、事に及びし痴《し》れ者どもは処分いたさねばなるまいがの」

「その処分をどこまでなさるかによって、段取りを変えねばなりませぬ」

対する耀蔵は、先程から口調も態度も変わらない。

あくまで淡々と、小出しに告げてくるばかりだった。

「如何なることじゃ。はきと申せ」

「されば、順を追って申し上げまする」

焦《じ》れた良材に急《せ》かされながらも悠然と、耀蔵は語り出す。

「事を起こせし張本人は筒井伊賀守。本日までの南町奉行にござる」

「い、伊賀守とな？」

「左様」

「何としたことじゃ……」

良材は絶句する。

たしかに動機は十分だが、不敵きわまる所業と言わざるを得まい。

気を取り直し、良材は続けて問うた。

「して、駿河守の身柄は何処なのだ？」

「今は数寄屋橋におりまするが、今宵のうちに移されましょう」

「移す？」

「明日の登城に間に合わねば、上様は駿河守の所在を知らせよと仰せになられましょう。さすれば公の調べの手が数寄屋橋の奉行所内にも及び、見つかれば伊賀守は大罪人として断に処されます。いつまでも留め置くはずがありますまい」

「とまれ、今宵のうちに生きて戻れば良いが……」

「まだ分かりませぬぞ、土佐守様」

「何と申す？」

「左近衛将監……いえ、駿河守を虜にせし者どもが、些《いささ》か気になる動きを取っておりますれば」

「その者どもとは、何奴なのじゃ」

「駿河守に遺恨を抱きし輩の集まりにございまする」

「またしてもか……」

良材が呆れた様子で溜め息をつく。

「まこと、あやつは禍根を残してばかりおるのだな」

「我らもそれと承知で目をかけし上は、手を焼くより他にありますまい」

耀蔵はにこりともせず、言葉を続けた。

「それがしが判ずるに、伊賀守はそやつらに意趣返しをさせる所存かと」

「意趣返しとな？」

「呉服橋に『笹のや』なる小店があるのを、土佐守様にはご存じですかな」

「知らぬ」

「それなる小店を営むは、夜嵐の鬼吉一味の残党にございまする」

「何っ？」

「女将の駒は鬼吉の貰い子。梅吉なる板前は一味の小頭の倅にござる。いずれもその昔、火付盗賊改の任を務めておった駿河守が直々に手にかけた、夜嵐一味の意趣返しを望んでおりまする」

「そやつらが伊賀守と気脈を通じ、駿河守を亡き者にいたす所存と申すか」

「左様にござる」

「ふむ……」

そこまで聞いたところで、良材は眉根を寄せた。

どこまで始末を付けまするかと言われた理由を、ようやく呑みこめたのだ。

「……いかん、いかんぞ」

しばし考えた後、良材は言った。

「盗っ人どもなど斬り捨てて構わぬが、伊賀守はいかん。二十年来の功は上様も高く買《こ》うておられる故な」

「されば、生かしておくのですな」

「むろんじゃ。直《じか》に手を下さぬまでも、くだらぬ意趣返しに断じて関わらせてはなるまいぞ」

「では、どこまで始末を……」

「駿河守を助け出した上は、鼠賊《そぞく》どもを闇に葬れ」

「あくまで、伊賀守はお咎めなしということですかな」

「そのほうの知ったことではない。儂が直々に追って当人に問い質す故、まずは火種を消し去れい」

「承知仕りました」

「頼むぞ」

話を終えた良材は、早々に去っていく。

廊下を遠ざかったのと入れ替わりに、一人の御小人目付が敷居際に座る。

「何としたのじゃ」

「駿河守様が、数寄屋橋を離れる様子にございまする」

「思うたよりも早かったの」

障子越しにつぶやく、耀蔵の態度は変わらず落ち着いている。

「駕籠か、船か」

「宇野幸内が屋根船を借り出しました」

「船宿の者には、何か申したのか」

「一遍でいいから、山谷堀《さんやぼり》に自ら乗り付けてみたかったとか」

「ふん。その戯れ言どおりであれば行き先は小塚原《こづかっぱら》か……痴れ者を往生させるにはお誂《あつら》え向きの地であろうがの」

　ふっと耀蔵は苦笑する。

　しかし、小さな目までは笑っていない。

　双眸に冷たい光をたたえたままで、障子越しに一言命じる。

「まとめて始末を付けい。伊賀守と駿河守も、な」

「駿河守様まで、よろしいのですか」

「鼠賊どもの意趣返しで空《むな》しゅうされたと装うのだ。宇野めも斬り捨てれば死人に口無しじゃ。二度と仕損じは許さぬぞ」

「ははっ」

　夕闇の立ち込める廊下を、緊張した様子の足音が遠ざかって行く。

　再び静寂が訪れた座敷で、耀蔵は行灯《あんどん》の火を点《とも》す。

　浮かび上がる横顔に、静かな笑みが浮かんでいた。

南町奉行の立ち会いの下、お駒と梅吉に仇討ちをさせる計画があると知らせたのは堀口六左衛門である。

定謙が囚《とら》われたことを取り急ぎ御小人目付の耳に入れた上で、耀蔵が城中での勤めを終えてくるのを待って、今一度知らせてきたのである。

お駒らは八丁堀にある仁杉五郎左衛門の組屋敷で日没まで待機し、定謙の身柄を数寄屋橋から運び出す段取りになっていたという。

政憲と気脈を通じる五郎左衛門は風邪《かぜ》と称して休みを取った上で、計画に加担しているのだ。

裏切り者の六左衛門がもたらした情報のとおり、事は動き出した。

これは南町奉行の座を手に入れる、絶好の折。

耀蔵は斯様に判じて、御小人目付の頭目に暗殺の密命を下したのだ。

それは愚か者の定謙を奉行にし、憎まれ役として江戸の民の怒りを集中させる水野忠邦の目論みに反することだった。

懐刀でありながら、耀蔵は本心から忠邦に忠誠を尽くしてはいない。

何かと上から物を言う梶野良材のことも、実は軽んじていた。

こたびの好機を生かし、政憲と定謙をまとめて消し去れば、自ずと耀蔵が次の候補に挙がるのだ。

「ふ、ふふふ……」

落ち着いたたたずまいの下に野望を隠した男は、薄明かりの下でほくそ笑む。

何かと邪魔立てをする宇野幸内も、ついでに始末すればいい。

そのための備えも、耀蔵は抜かりなく整えさせていた。

昨年に一度、配下の御小人目付は幸内を仕損じている。

多勢を差し向けて雨中で襲わせ、ぎりぎりまで追い込みながらも、返り討ちにされてしまったのだ。

その折の暗闘で負った傷も癒え、相変わらず目障りな動きをする幸内は、長年仕えてきた恩がある政憲のために、思い切った策を打ち出した。

お駒と梅吉の仇討ちを決行させて定謙を亡き者にし、政憲が再任されるように事を運ぶつもりなのである。

だが、思いどおりにさせるつもりは毛頭無い。

御小人目付だけでは難しくても、耀蔵は腕利きの剣客兄弟をかねてより手駒として飼っている。

あの二人を差し向ければ、幸内といえども敵ではない。

まとめて始末を付け、何食わぬ顔で南町奉行の座を手に入れる。

知られざる野望を胸に秘め、耀蔵は書見台に向かった。

庭から雨音が聞こえてくる。

すでに陽は沈みきり、空は泣き出していた。

八

矢部定謙にとって、つくづくツイていない一日であった。

明日は着任するはずだった南町奉行所で辱めを受け、戻された座敷で夕方まで監禁されたと思ったら内与力たちに縛り上げられ、裏から連れ出されたのだ。

定謙は訳も分からず駕籠で船着場まで運ばれ、屋根船で大川を遡上《そじょう》して着いた先は、いつもの吉原通いで見慣れた山谷堀。

そこで再び駕籠に乗せられ、荒っぽく揺られて運ばれたのは小塚原だった。

野天に設けられた刑場に罪人の首を晒す獄門が付設する、誰であれ好んで足を運びたくはない場所である。

駕籠は番小屋から目に付きにくい、野の外れに下ろされた。

「おら！　とっとと降りやがれい」

乱暴に肩を蹴り付けたのは、先棒を担いでいた若者だった。

「うぬは……」

泥の中に転がされたとたん、定謙のいかつい顔が強張る。

負けじと一喝を浴びせる前に、度肝を抜かれてしまっている。

笠をむしり取り、素顔を見せつける若者の顔を目にしたのだ。

「俺の顔を覚えてくれたのかい、おっさん」

うそぶく口調の憎々しさは、昔日のままである。

だが、生きているはずがない。

二十年も昔にこの手で斬って捨てた、盗賊なのだ。

もしや、現世《うつしよ》に迷い出た亡霊なのか。

火盗改に成敗された後で獄門首になっただけに、小塚原に無念を残していても不思議ではあるまい。

「血迷うたか、霞《かすみ》の松四郎《まつしろう》！」

降りしきる雨の中で背筋を凍らせながらも、定謙は言い放つ。

「違うよ」

狼狽《ろうばい》を隠せぬ定謙を見下ろして、若者はにやりと笑う。細かいしぐさまで亡き盗賊にそっくりだった。

「俺ぁ松四郎じゃねぇよ。梅吉ってんだ」

「梅吉？」

「顔も覚えちゃいねぇ親父だが、俺と瓜二つだったそうだぜ」

「されば、うぬは松四郎が倅なのか」

「そういうこった」

告げると同時に、梅吉は飛びかかる。

「この野郎！」

馬乗りになり、続けざまに拳を振るう。

「止さねぇかい、お前さん一人の仇討ちじゃねぇんだろ！」

慌てて羽交《はが》い締めにしたのは、後棒を担いでいた高田俊平。

連絡《つなぎ》が取れなくなった政吉に代わって、事に手を貸したのである。

南町奉行の座を狙い、数々の策を弄してきた定謙を憎む気持ちは俊平とて同じだったので否やはないが、目の前で無体を働かせるわけにはいかないし、仇討ちとして決着をつけるのならば尚のこと、正々堂々と勝負させせなくてはなるまいと考えてもいた。

大柄で腕力も強い俊平に抱きすくめられては、梅吉も手を出せない。

「ちっ……」

悔しげに唾を吐き捨てる梅吉を、宇野幸内は傍らで黙って見つめていた。

俊平たちと同様に雨除《あまよ》けの菅笠をかぶり、蓑《みの》を着込んでいる。

定謙を屋敷から拉致し、仇討ちというやり方で抹殺する計画を筒井政憲に持ちかけたのは、かつて「南町の鬼仏」と呼ばれた名与力の幸内だった。

優れた捜査官は、その気になれば一流の犯罪者にも成り得る。

現役の与力だった当時の幸内は小野派一刀流の道場に日参すると同時に、八丁堀の亀島町にある稽古場で、捕物術の修錬も抜かりなく積んできた身。

取り調べを務めとする吟味方でありながら、捕物に専従する廻方も顔負けの手練《てだれ》である幸内の技量を以てすれば火盗改あがりの強者を昏倒させ、連れ去るのも朝飯前。

盗っ人あがりの若い二人が手を貸してくれたとなれば尚のこと、計画の実行は容易いことだった。

その一人――お駒は先程から、ずっと定謙から目をそむけていた。

まだ殴り足りない様子で肩を怒らせている梅吉とは、真逆の態度である。

「お前さん、辛いのかい」

「…………」

幸内の言葉に答えることなく、お駒は黙って横を向く。

昨夜から手を貸していながら、ずっと辛そうな面持ちだった。

「まぁ、俺だって気持ちのいいこっちゃねぇやな」

つぶやく幸内の口調も切なげであった。

かつて町奉行所に奉職した身で為すべきことではないのは、当人も重々承知の上である。

しかし、大切な者たちを護るためには、こうせざるを得ないのだ。

そしてお駒には、仇討ちを果たす責がある。

やはり定謙に親を殺された梅吉ともども、恨みの刃を叩きつけてやらなくては気持ちは晴れまい。

強いた部分もあるが、やらせるべきだと幸内は見なしている。

半蔵よりも先に二人と知り合い、その無念を折に触れて聞かされていただけに放ってはおけなかったのだ。

断じて、利用するだけとは違う。

定謙に引導を渡した後は、助命に向けて力を尽くすつもりだった。

幸内が仇討ちを強く促し、定謙が南町奉行になるのを阻みたかったのは、盟友の仁杉五郎左衛門を護りたいと思えばこそ。

このまま定謙を、そして背後の鳥居耀蔵と梶野良材を好きにさせておいては友の命が危ない。

耀蔵は名奉行の筒井政憲を失脚させただけでは飽き足らず、能吏の仁杉五郎左衛門まで取り除いて、南町を弱体化させるつもりなのだ。

その狙いは、おおよそ察しがついていた。

町奉行所が頼りにならなければ、幕府は目付への期待を強める。

本来は武家地のみを見廻りの持ち場とする御小人目付に町人地も任せ、南北の廻方同心の存在を蔑《ないがし》ろにする可能性も否めない。

あるいは定謙の次に南町の奉行職を狙い、わざと弱体化させておいた奉行所に手駒を送り込んで、自分のやりやすい組織に作り変えるつもりなのだろう。

いずれにしても、碌なことにはなるまい。

定謙には、今のうちに死んでもらうより他にあるまい。

とはいえ、幸内が自分で斬ってしまっては意味がない。

向こう見ずな隠居が新しい南町奉行を拉致し、殺害するに及んだというだけの事件で片付けられてしまうからだ。

されど、お駒と梅吉には仇討ちという大義名分がある。

それも南町奉行の立ち会いの下で事を為せば、公儀から正式な許しを得たのに準じた形ということにもなる。

世間の評判を取ってしまえば、幕府も無視はできない。

親の仇を取った若い二人を闇に葬るわけにもいかず、情状酌量をもって裁きを付けてもくれるだろう。

そして南町奉行所は政憲と五郎左衛門の体制で安泰となり、耀蔵も迂闊には手を出せぬはず。

そこまで先を読んだ上で、幸内は決行に踏み切ったのである。

盟友の熱い想いに五郎左衛門は感じ入り、表立って手を貸せない代わりに病欠を装って組屋敷にとどまり、お駒と梅吉を日が暮れるまで匿《かくま》ってくれた。おかげで事前に捕えられることなく人目を避け、小塚原までたどり着けたのだ。

後は政憲の到着を待って事を為すのみだが、まだ到着していない。

万が一に備え、内与力たちを警固に伴っているので安心ではあったが、待つ身としては心配だった。

濡れ鼠にされたまま、定謙はぐったりしている。
「ずいぶんと遅いじゃねぇか、ええ？」
待ちくたびれた様子で、梅吉がぼやく。
また定謙を殴り付けるのではないかと注意を払いつつ、俊平も焦れている。
幸内も降りしきる雨の中、強張る手をしきりにこすり合わせていた。
と、お駒が声を上げた。
「ご隠居！」
警戒を促しながら短刀を取り出し、逆手に握る。
梅吉と俊平も、すかさず得物を構える。
闇の向こうから金属音、そして肉と骨を断つ、鈍い音が切れ切れに聞こえる。
政憲の一行を襲ったのは、覆面で顔を隠した十余名の御小人目付。
かつて幸内も相まみえたことのある一団には、二人の助太刀が加わっていた。
一人は着流し姿。
今一人は、きちんと袴を穿いている。
いずれも笠を着けたままでいながら、手向かう内与力たちをものともしない。
揃って六尺近い長身の剣客は、動きも連携が取れていた。

「うう!?」

金属音が響き渡った次の瞬間、雨中に血煙が上がる。

一人が刃を受け止め、動きを封じた隙に今一人が斬撃を叩き込んだのだ。

二人がかりで仕掛けるばかりでなく、単独でも強い。

「あっ！」

「ぐわっ」

続けざまに上がる血煙に、剣客の編笠が赤く染まる。

御小人目付たちが三人を押し包んで仕留めている間に、早くも六人が雨の野に屍《しかばね》を晒していた。

残るは政憲と、最後の内与力が一人のみ。

「お逃げくだされ、お奉行！」

決死の覚悟で背中越しに告げるや、その内与力は大きく振りかぶった。

しかし、斬り下ろすまでには至らない。

「愚か者め。自ら胴を空けるとは、どうぞ斬ってくだされと言うておるのと同じことじゃ」

脇腹に食い込ませた刃をそのままに、着流しの剣客はうそぶく。

圧《お》しの強い声は、嘲りを含んでいる。

角張った顔を皺で一杯にして、にやつく様も不気味だった。

「お、おのれは見習い同心……」

奉行所内で見慣れた顔を目の当たりにし、内与力はわなないた。

三村右近《みむらうこん》、二十八歳。

先頃に見習いの番方若同心として、南町奉行所に入ったばかりの身。

今日も出仕し、自ら買って出た書庫の整理に朝から励んでいたものである。

なぜ、身内のはずが敵方に加わっているのか。

答えることなく、右近は柄を握った手の内を締める。

「ぐ……」

内与力は白目を剝いて崩れ落ちる。

遠心力を利かせた刃は濡れた着衣を切り裂き、骨身にまで達していた。

九

もはや仇討ちどころではなくなっていた。

「鳥居の野郎、やりやがったな」

つぶやきつつ、幸内は一歩前に出る。

俊平も横に並んで立った。

「いけるかい、若いの？」

「かくなる上は、斬りまくるより他にありますまい」

「無理はするない。お前さんの腕じゃ、濡れた着物で弾かれちまう……ぶっ倒すことだけ考えな」

「ご隠居……」

俊平に注意を与え終えると、幸内はお駒の耳元に口を寄せた。

「俺らが斬り込んだら、矢部を連れてきな」

「え？」

「お前さん、ほんとはこいつを殺したくはないんだろう」

「………」

「まぁ、好きにするがいいさ」

黙り込むのに、ふっと幸内は微笑みかける。

「俺らが囲みを破るから、梅と二人で千住宿まで突っ走れ。菊屋《きくや》って食売旅籠《はたご》で宇野の存じ寄りだって言えば、御府外に逃れる算段を付けてくれるはずだ」

「でも、ご隠居」

「いいから、いいから。言うとおりにするんだぜ」

それだけ告げると、幸内は前に出た。

御小人目付の一団、そして二人の剣客が迫り来る。

見れば、政憲が人質に取られていた。

「勝負あったな、宇野」

勝ち誇った様子で告げてきたのは、御小人目付を率いる頭目。

耀蔵の屋敷へ途中経過の報告に赴き、殲滅《せんめつ》を命じられて戸惑ったときとは態度が一変していた。

これも耀蔵が差し向けてくれた、頼もしい助太刀がいればこそ。

その剣客二人は政憲を押さえた御小人目付たちから離れ、悠然と懐手になって並び立っている。

血濡れた網笠は、目深《まぶか》にかぶったままでいた。

いずれも真剣勝負の場においては、自殺行為としか思えぬ状態。

それでいて、余裕綽々《よゆうしゃくしゃく》でいる。

たとえ幸内たちが政憲を見殺しにし、挑んで来ても楽に勝てる。

絶対の自信を持っているのだ。

「野郎、ふざけやがって！」

たちまち俊平がいきり立つ。

しかし、人質がいてはどうにもならない。

囲みを破るどころではなかった。

「刀を捨てよ。うぬらもだ」

御小人目付頭が、有無を言わせず告げてくる。

やむなく、幸内と俊平は鞘のまま刀を抜いた。

と、そのとき。

「う！」

政憲を押さえていた御小人目付が、悲鳴を上げてのけぞる。

背後から忍び寄った範正が、脳天を一撃したのだ。

「成る程、便利なもんだ……」

つぶやきながら続けざまに刃引きを振るい、浴びせる打撃は力強い。

「行くぜぇ、若いの」

政憲が逃れたのを見届け、さっと幸内は鞘を払う。

「はいっ」

俊平も遅れまいと抜刀し、後に続く。

二人が打って出たのを見届け、お駒も言いつけどおりに動き出す。

「早くおし、梅！」

梅吉を急き立てて、倒れた駕籠を立て直す。

しかし、濡れ鼠にされた定謙の動きは緩慢《かんまん》だった。

朦朧《もうろう》としていて、目の前で何が起きているのかも分からぬ様子。

こんなことならば仕置きのつもりで放り出しておかず、傘を差しかけてやれば良かったと悔いても遅い。

「ほら、しっかりしなよ！」

お駒は肩を揺さぶって急き立てる。

笠が外れ、苛立つ顔が剝き出しになる。

刹那、定謙が大きく目を見開いた。

「お、おぬしは……」

しかし、父娘の名乗りを上げている暇はない。

「気が付いたんなら早く走りなよ、おっさん！」

梅吉は怒鳴りつけつつ、後ろ手に縛った縄を断つ。

御小人目付が三人、間近まで迫り来る。

幸内と俊平を出し抜き、襲いかかってきたのである。

「させるか！」

縛《いまし》めから解放した定謙を突き飛ばし、梅吉は短刀を振りかざす。

お駒も定謙をかばい、眦《まなじり》を決していた。

三人が斬ろうとしたのは、迎え撃ったお駒と梅吉だけではない。

奪回するべき定謙にまで、刃を向けるつもりなのだ。

「おのれ……」

危機が迫ったと気づくや、定謙は怒りの声を上げた。

刀の代わりに手にしたのは、駕籠を担ぐ棒。

冷え切った体をものともせずに、重たい角棒を振り上げたのだ。

「むんっ！」

力を振り絞り、定謙は打撃を見舞っていく。

「うわ!?」

お駒を斬ろうとした一人が、胴払いを食らって吹っ飛んだ。
これでは斬りかかるどころではない。
残る二人が攻めあぐねていたとき、すぱりと角棒が切断された。
「退《の》いておれ」
面倒くさそうに言ったのは、抜き身を引っ提げた三村右近。
「うぬ……」
朦朧としている定謙は相手の顔が見えず、声も聞こえていない。
手元に残った棒をぶん回しても、届くはずがなかった。
「これでは先が思いやられる、か……」
小声でつぶやくや、右近は無造作に刀を振るった。
短くなった棒が両断され、手元から転がり落ちる。
それでも、定謙は退《しりぞ》かない。
臆することなく素手で身構え、じりじりと間合いを詰めていく。
笠の下で、にやりと右近は笑う。
袈裟《けさ》斬《ぎ》りを見舞うべく取ったのは、脇を締めた八双の構え。
次の瞬間、雨を裂いて凶刃が走る。

「ああっ！」

「逃げろ、おっさんっ！」

お駒と梅吉の悲鳴が上がる中、激しい金属音が響き渡った。

横手から突き出た刀身が、右近の凶刃を阻んでいる。

「おぬし、笠井……か？」

「お待たせいたしました」

驚く定謙にうなずき返し、半蔵は合わせた刃を打ち外した。

影御用の黒装束に身を包み、足拵《あしごしら》えは草鞋《わらじ》履《ば》き。

降りしきる雨をものともせず、頰被りの下から鋭い視線を右近に向ける。

「ふん……」

右近は動じることなく、再び八双の構えを取る。

「ヤッ！」

気合いを上げて打ち込む半蔵に応じる様も、冷静そのもの。

むろん、受けるばかりとは違う。

しゃっと凶刃が走り、頑丈な刃引きの鎬《しのぎ》を疵《きず》つける。

対する半蔵も慌てずに、鋭い斬り付けを受け止め、受け流していく。

最初から斬れぬ刃引きなのだから、斬ろうと焦ることに意味がないのだ。

「ふっ」

右近が笠の下で微笑んだ。

こちらも慌てず、気を抜いてもいなかった。

楽々と斬り伏せた内与力たち、そして定謙より腕が立つ。

刃引きを用いていればこそ、鍛えた業前《わざまえ》をそのまま発揮できている。

面白い。

斯様に見なし、本気を出してきたのである。

迫る半蔵の打ち込みを冷静にさばき、もはや定謙には目も呉《く》れない。

その後方には袴を穿いた、相棒の剣客も姿を見せていた。

編笠の下から覗く顎は、右近と同様に角張っている。

のみならず、目鼻立ちも瓜二つ。

この男、右近とは双子なのだ。

三村左近《さこん》、二十八歳。

弟と互角に渡り合う半蔵を前にしながら、加勢に入ろうとはしない。

ただ、のんびり告げたのみだった。

「そろそろ良かろう」

「左様か、兄者」

「楽しみは先に残しておけ」

「分かった」

右近は逆らうことなく刀を引き、兄と共に駆け去った。

半蔵に深追いしている暇はない。

「ヤッ！」

「トー！」

気合いも鋭く、お駒と梅吉を攻めていた二人の御小人目付を打ち倒す。

敵の本隊はと見れば、奮戦する幸内と俊平、そして助太刀の範正の前に総崩れとなりつつある。

とりわけ幸内の腕は冴えていた。

機敏な体さばきで斬り付けをかわし、返す刀で続けざまに傷を負わせていく。

手強いと思い知らせて退却を促すだけならば、わざわざ致命傷を与えるまでもない。

浅手で十分なのだ。

「ひ、退けっ」

頭目の号令の下、御小人目付たちは退却していく。

半蔵と範正が刃引きを振るって悶絶させた仲間を担ぎ、ほうほうの体《てい》で逃れるばかりだった。

十

危機が去ったと見るや、いち早く刀を納めたのは範正だった。

「俺ぁ先に消えるぜ、兄上」

「うむ。かたじけない」

「義姉さんによろしくな」

半蔵の耳元でそれだけ告げて、雨の中に消えていく。

残った顔ぶれは、矢部定謙を巡る男たちと女が一人。

先に口を開いたのは半蔵だった。

「殿……いえ、矢部駿河守様」

「う、うむ」

定謙は頼もしげに見返す。

ご無事で何よりです。早う、お屋敷に戻りましょう。

そう言われ、肩を支えてくれるものとばかり思っていた。

しかし、続く一言は意外なもの。

「ご自分でお立ちなされ」

「な、何と申した」

「斯様なざまで誰が敬うとお思いですか？　それでは明日よりご配下となられる与力同心の衆はもとより、ご家中にも示しが付きませせぬぞ」

「お、おのれ……」

寒さで青ざめていた顔が、たちまち怒りに朱く染まる。

だが、言われているのはもっともなこと。

今日、定謙は南町奉行所で醜態を晒した。

仕組まれてのこととはいえ、颯爽《さっそう》と初の出仕に及ぶはずだった前日に役所内をだらしない着流し姿のままで引きずりまわされ、奉行を騙《かた》る痴れ者が紛れ込んだかのように見なされたのだ。

明日に改めて出向けば本物だったと気づいて、誰もが恐れおののくだろう。

しかし、それは肩書きが物を言うだけにすぎない。

やはり、自分はまだ本物ではないのだ。
素《す》のままでも自ずと周囲を圧し、敬意を表させるようでなくてはなるまい。
そこまで考えて言ったわけではないにせよ、半蔵の言葉は正しい。
ふらつく足に力を込めて、定謙は立ち上がる。
重い棒を振るって奮戦したのがこたえたらしく、腰も痛い。
それでも明日は朝から登城の上、数寄屋橋まで赴かねばなるまい。
「失礼仕りまする」
自分の足で立つのを見届け、半蔵は脇に寄り添った。
歩くこともままならずにいるのを、手助けするためだけではない。
周りを囲む者たちに、手出しをさせないためだった。
それぞれ理由があるのは分かる。
政憲は、引き続き南町奉行で有りたいのだ。
幸内と俊平は、その政憲を助ける立場である。
そしてお駒と梅吉は、殺された身内の仇を討つことだけを願っている。
されど今は、定謙に味方したい。
屋敷から連れ出され、薄物一枚きりの姿で困憊した定謙は、疲れ切った五十三歳の男にすぎないのだ。

こんな有り様でいるのを痛め付け、仇討ちをしたところで何になるのか。

強者を倒すつもりが、弱い者いじめをするだけではないか。

それに、定謙はひとつだけ善行を働いた。

お駒と梅吉をかばい、朦朧としながらも御小人目付に、そして半蔵はまだ名も知らぬ手練の剣客――三村右近に立ち向かってくれたのだ。子を護る、親らしい姿を示したのだ。

小塚原に駆けつけて早々に目にした、あの光景が半蔵は忘れられない。

なればこそ、今はかばってやりたかった。

「どなた様も、退いてくだされ」

半蔵に告げられ、政憲は無言で脇へ退く。

奉行が左様に振る舞えば、幸内と俊平も従うより他にない。

お駒と梅吉も黙っていた。

半蔵は一同に礼を返し、定謙を支えて歩き出す。

雨は小降りになりつつある。

視界を遮られぬのは有難いが、濡れそぼるのが少々きつい。

午後に休息が取れた半蔵は大丈夫だが、定謙はさぞ辛いはず。おぶわれて楽になった反面、雨をまともに受けるので冷えて仕方がないことだろう。

「ご辛抱くだされ」

励ましながら歩みを進めていると、後ろから駆け寄る足音が聞こえてくる。

振り向けば、お駒が泥道に立っていた。

「何用か？」

半蔵の問いかけに答えず、差し出したのは脱いだ蓑。

「着せてやってよ」

それだけ言い置くと、踵を返して駆け戻る。

先に半蔵たちを行かせた上で、後から引き上げるつもりなのだ。

見れば、政憲は内与力たちの亡骸《なきがら》を運んでいた。

埋葬はそれぞれの家族に委《ゆだ》ねるにしても、このまま野天に放り出しておくわけにはいかない。

雨が止めば界隈に住み着いた野犬がたちまち集まり、寄ってたかって亡骸を無残な姿にされてしまうからだ。

お駒と梅吉も手伝っている。

仇討ちを阻まれたにも拘わらず、その動きはきびきびしている。

あるいは、ホッとしているのかもしれない。

「……笠井」

定謙がふと口を開いた。

「あれなる女子は、そのほうの存じ寄りかの」

「さて、どの者でありますか」

「阿呆。女子と申しておるだろうが」

「ははぁ、お駒にございますな」

「駒……と申すのか」

「呉服橋近くに煮売屋を出しておりまする。屋号は……」

「いや、もう良い」

「よろしいのですか」

「良いのだ」

定謙は口をつぐむ。

不快になっただけではない。

いよいよ疲れ切り、足を動かすのも億劫になっていたのだ。

ふっと苦笑し、半蔵は歩みを止める。

背負っていた刀を下ろし、左腰に帯びる。

「ご無礼を仕ります」

一言断りを入れた上で、ぐいと背中に担ぎ上げる。

意外にも軽い体だった。

「腹が空いたの……」

「今少し、ご辛抱くだされ」

半蔵は力強く歩みを進める。

小塚原から少し歩けば、吉原は目の前だ。

すぐに屋敷に連れ帰るよりも、先に休息を取らせたほうがいい。

そのために必要な費えを、半蔵は懐に持っていた。

昨夜に定謙から渡された二十両は、手つかずのまま残っている。

もとより惜しいとは思わない。

定謙の許に身を寄せていた一月余りは労することも多かったが、楽しい日々だったからである。

だが、いつまでも側近くにいるのはうまくない。

似た者同士が一緒にいても、成長はしない。

やはり、勘定所に戻ろう。

そう心に決めた以上は、内与力の話も謹んで断るつもりだった。

何はともあれ、定謙を行きつけの妓楼に運ばねばなるまい。

山谷堀が見えてきた。

ここから先は日本堤。

見世清掻《みせすががき》の三味の音が絶える前に駆け込めば、妓楼のほうは大丈夫だ。敵娼《あいかた》に世話を任せて金を置き、夜が明けて早々に矢部邸から迎えに来てもらえば、登城には十分間に合うはず。

ぎりぎりならば装束を先に江戸城中の下部屋に運ばせておき、自身は吉原から乗り付けるのも一興だろう。

定謙には、破天荒な振る舞いが良く似合う。

できれば見届けたいものだったが、今は半蔵自身が帰宅したい。

早く佐和の顔が見たかった。

十一

一夜が明けた四月二十八日。

矢部駿河守定謙は無事に登城に及び、南町奉行に任じられた。

午後からの初出仕でその顔を見た与力と同心は一様に驚愕《きょうがく》し、ひたすら頭を下げるより他に為《な》す術を知らなかった。

ただ一人、形だけは平伏していても、ふてぶてしく構えていたのは見習い同心の三村右近。

昨夜に兄の左近ともども人を斬りまくった疲れなど、残してもいない。

鳥居耀蔵に士分の密偵として、そして必要に応じて用心棒にも刺客にも自在に変じる男が同心株を買い与えられ、あらかじめ南町奉行所に潜り込んでいたのは耀蔵に命じられた、果たすべき任務があってのことである。

もとより、新しく奉行となった定謙には敬意など微塵も抱いていなかった。

いずれ起こす事は、定謙にとって命取りとなるだろう。

それまでは、せいぜい殊勝に振る舞うのみ。

思わぬ楽しみもできたことで、右近の心は弾んでいた。

「笠井半蔵か……奥方は、大した美形らしいのう」

不気味につぶやく強敵が南町奉行所に潜り込んでいることを、当の半蔵はまだ知らずにいる。

勘定所に戻って早々に組頭からは説教され、同じ用部屋の面々からはおぬしがいなくて矛先がこっちに向けられたとぼやかれ、おまけに机には書類が山積みになっていた。

そして奉行の梶野良材からは、これより先は矢部駿河守に構うには及ばぬとの一言を告げられた。

「新たな影御用は追って申し渡す。それまでは平勘定に励め」

「ははっ」

昼夜の別がない激務から解放されたのは有難いが、寂しくもあった。

だが、そんな空しさを埋めて余りある出来事も待っていた。

残業で疲れた体を引きずって駿河台の坂を上り、屋敷に戻ってからである。

「お帰りなさいませ、お前さま」

出迎える佐和の顔は、つんとしていた。

食事はもとより入浴まで済ませたらしく、白い肌が上気している。

見れば、美しい顔には薄化粧。

それでいて態度は素っ気なく、給仕も女中任せだった。

昨日はあれほど優しくしてくれたというのに、今日はどうしたことなのか。

定謙と会えなくなったこととは別の寂しさを感じながら食事を済ませ、風呂に入って座敷に戻る。

「何と……」

障子を開いたとたん、半蔵は絶句した。

いつの間にか布団が敷かれ、二つ枕が仲良く並べて置いてある。

驚く間もなく、廊下から佐和のか細い声が聞こえてきた。

「失礼いたしまする、お前さま」

「は、入るがよい」

「恥ずかしゅうございまする故、明かりを消してくだされ」

「し、承知」

浅黒い顔を火照《ほて》らせて答える、半蔵の声は上ずるばかり。

影御用がひとまず幕を閉じた夜に待っていたのは、久方ぶりの同衾《どうきん》だった。

この作品は２０１１年４月双葉社より刊行された『算盤侍影御用　婿殿激走』を加筆修正し、改題したものです。

徳間文庫

婿殿開眼二

走《はし》れ半《はん》蔵《ぞう》

2019年7月15日 初刷

著者 牧《まき》 秀《ひで》 彦《ひこ》

発行者 平野健一

発行所 東京都品川区上大崎三―一―一 〒141―8202
目黒セントラルスクエア
株式会社徳間書店

電話 編集〇三(五四〇三)四三四九
販売〇四九(二九三)五五二一

振替 〇〇一四〇―〇―四四三九二

印刷 大日本印刷株式会社
製本

ISBN978-4-19-894487-2 (乱丁、落丁本はお取りかえいたします)

徳間文庫の好評既刊

牧 秀彦

江戸家老塩谷隼人㈢
恋敵は公方様

書下し

　七年越しで互いに憎からず想いあう隼人とお琴。願わくばお琴を娶り、共に余生を大事に過ごしたい。ある日、色好みで知られる将軍家斉公がお忍びで市中に出掛けお琴を見初めてしまう。そして、大奥に迎えると高らかに宣言。思いも寄らぬ騒動が始まった。

牧 秀彦

松平蒼二郎始末帳㈠
隠密狩り

　常の如く斬り尽くせ。一人たりとも討ち漏らすな。将軍お抱えの隠密相良忍群の殲滅を命ずる五十がらみの男はかなりの家柄の大名らしい。そしてその男を父上と呼ぶ浪人姿の三十男——蒼二郎は亡き母の仇こそ彼らであると聞かされ〝隠密狩り〟を決意する。

徳間文庫の好評既刊

牧 秀彦

松平蒼二郎無双剣三

別れ旅

弟が襲われた裏側に、幕府を滅ぼそうとする陰謀を感じた蒼二郎は、新たに仲間に加わった定信お抱えの忍びの者百舌丸とともに、京の都へ向かう。今回の敵は禁裏、公家である。そこでは最強の刺客との対決が待っていた。剣豪小説の傑作シリーズ、完結。

牧 秀彦

婿殿開眼一

密命下る

旗本八万騎一の美人を娶り婿入りして勘定方の役務に邁進する笠井半蔵。実は算盤が大の苦手。代々のお役目に誇りを持つ妻の尻に敷かれ十年、算術の腕は上がらず辛い日々を送っている。ところが勘定奉行が刺客に襲われた窮地を救ったことをきっかけに…。